家事代行サービス事件簿
ミタちゃんが見ちゃった!?
ごちそうレシピで名推理!!

藤咲あゆなwithハニーカンパニー／著
中嶋ゆか／イラスト

★小学館ジュニア文庫★

キャラクター
CHARACTERS
三種小夏
（ミタちゃん）
しっかり者で好奇心いっぱいの12歳。中学一年生。愛称は「ミタちゃん」。叔母の美根子が経営する家事代行サービス会社でバイトをはじめた、ヘタレで頼りない兄の見張り役として、仕事についていくことに！ だが、訪れた家はいつもヒミツがいっぱい!! そのうえ会社のＰＲ動画で、アイドルをやることにもなっちゃって……!?!
SNJ
なぜかコスプレアイドルに!?

三種春彦

ミタちゃんの兄で、ただいま大学生。不器用でヘタレ。「触れた物の記憶を読み取る」という特殊能力がある。だが、能力をうまく使えず、いつも周りをドン引きさせてしまう。いつもフォローしてくれるミタちゃんに頭が上がらない。G恐怖症である。

三種美根子

ミタちゃんと春彦の叔母で、二人の保護者。家事代行サービス会社「三種のジンギ」の社長。お金には厳しいけど、二人の将来を考えてくれている。ビジネスチャンスは逃さない貪欲な性格。

五智 奏

「三種のジンギ」の社員。「料理の柱」と称される。人気料理家として、すでに世間では有名人なのだ。

九里院ヒカル

「三種のジンギ」の社員。「掃除の柱」の異名を持つ掃除のプロ。マッチョで力持ち。

コンテンツ
CONTENTS

ごちそう弁当で見ちゃった!?

「……はい！　今回の『冷蔵庫びっくり整理術』いかがでしたか？　さて、そろそろお別れのお時間です。では、最後に歌いってみよーっ！　今日はお野菜の歌の新作『は行の巻』だよ。一緒に歌って踊ってね♪」

まんまるメガネにみつあみ、フリフリエプロン姿で三種小夏こと〝ミタちゃん〟がそう言って、『お野菜の歌　は行の巻』と書かれたプレートを軽く振った。

ここは、東京は自由が丘の一角にある家事代行サービス「三種のジンギ」のキッチン。普段は社員の料理研修を行うところだが、今日は配信用の動画「家事アイドル・ミタちゃんねる♪」の収録をしているのだ。

軽快なBGMに乗り、ミタちゃんがまず白菜のぬいぐるみを持つ。

「♪ハハハハッ、白菜ぃ〜〜〜。ピピピピッ、ピーマン。ブブブブッ、ブロッコリー。べべべベッ、米ナスぅ。ホホホホッ、ほうれん草♪　お野菜は君の味方！　いっぱい食べて便秘にさよなら〜〜〜♪」

歌いながら次々とピーマン、ブロッコリー、米ナス、ほうれん草のぬいぐるみを出し、最後の「便秘にさよなら〜〜〜♪」とともにぬいぐるみを放り出す。

「は行のお野菜、みんな覚えたかな？　今日も『ミタちゃんねる♪』を見てくれてありがとう♪　またね〜〜〜☆」

ミタちゃんがポーズを決めて、バイバイと手を振ると、

「はーい、オッケーです。お疲れさまでした！」

撮影していたスタッフがカメラを止め、これにて無事、終了だ。

「ふー、終わった〜〜〜」

エプロンを脱ぎながらキッチンエリアから出ると、リビングエリアのソファに座って見ていた社長・三種美根子が「小夏」と手を軽く上げた。

「お疲れさま。結構サマになってきたじゃないの」

「あ、叔母……いえ、社長、お疲れさまです」

社長の美根子は父方の叔母なのだが、会社では「社長」と呼ばなければならないので、ミタちゃんは三回に一回ぐらいの割合で「叔母……いえ、社長」と言い直してしまう。

美根子が、父親を亡くしたミタちゃんと兄の春彦の後見人になって、まだ三か月ほど。

プライベートでは「叔母さん」と呼んでいるので、つい、そう呼んでしまうのだ。

美根子は伝説の家政婦と呼ばれた人物で、数年前にこの家事代行サービス「三種のジンギ」を起業した。四十代前半だが若々しいのでまだ三十代に見える。

「あなた、このあとなにもないわよね？」

「はい、大丈夫ですけど」

「春彦も連れてフォローに行ってくれない？　五智くんの」

「ごちって、あの――」

「そう、〝料理の柱〟五智奏よ」

「やったーっ、一度お会いしてみたかったんだ！」

三種のジンギには料理、掃除、整理収納の三人の柱がいる。〝掃除の柱〟の九里院ヒカルとは一緒に仕事をしたことはあるが、料理の柱のフォローに入るのは初めてだ。

「五智くんとは現地集合だから、すぐに支度して」

「はーい！　じゃ、お兄にも声かけてきます」

ミタちゃんは急いで三階の社員寮へ戻り、春彦の部屋へ向かった。兄妹といっても部屋は別々にもらって暮らしているのだ。

「お兄～～っ、仕事行くよっ！　五智さんのフォローだって」

しかし、部屋をノックしても出てこない。

「あれ？　おかしいな……今日はもう大学から帰ってきてるはずなのに」

ちなみに兄の春彦は大学三年生。妹のミタちゃんは九歳下の中学一年生だ。

「小夏、なんか用？」

廊下の向こうから、濡れた髪をタオルでわしゃわしゃ拭きながら、春彦がやってきた。どうやら帰宅してすぐに風呂に入ったらしい。

「お兄、もうお風呂に入ったの？」

「うん、このあと夕飯食べたら、すぐに寝ようと思ってさ」

「てか、仕事入ったから、すぐに支度して」

「えーっ、やだよ。風呂入ったばっかだし」

「つべこべ言わない！　早く髪を乾かして着替えて！」

「えー、でも、僕のドライヤー、壊れてて……」

「ったく！」

ミタちゃんは兄を自分の部屋へ引っ張っていき、床に座らせ、自分はベッドの上に座って、春彦の髪にゴォーゴォーとドライヤーの風をあてて乾かしはじめた。

「ううう……なにが悲しくてお兄の髪の毛なんか乾かさなきゃなんないのよ」

「？　小夏、なんか言った？」

「ううん、なんにも」

ミタちゃんがわしゃわしゃと春彦の髪の毛をかき回す。早く乾かすためだ。

すると、春彦が、

「あれ？　小夏、父さんの写真なんか飾ってんの？」

と本棚の一角に置いてあるフォトフレームに目を留めた。この春の初め頃に事故で急死した父親・繁彦の写真だ。

ミタちゃんはドライヤーのスイッチを切り、

「うん、ちょっとした仏壇のつもり。お兄は？　飾ってないの？」

「えっ、息子が父親の写真飾るってどうなの？　ヤバくない？」

「えっ、ヤバいとかそういう問題じゃなくない？」

「えっ、ヤバいだろ」

「えっ、なんで？」

ふたりして「えっ」を連発しながら、ヤバい・ヤバくない論争を繰り広げていると、美根子が部屋の前へバタバタとやってきた。

「あんたたち、早くしなさい!!」


今日の依頼人は会社から歩いて十五分ぐらいのところにあるマンションに住んでいるそうだが、美根子がふたりを車で送ってくれた。

着いた先は三階建ての低層マンション。

道路からエントランスへ延びる通路が、いかにも〝高級〟といった感じだ。

その通路の前に、すでにひとりの青年がいた。会社のホームページを隅々まで読んでいるミタちゃんにはすぐに誰だかわかった。料理の柱・五智奏だ。

「社長、お疲れさまです」

「ごめん、五智くん、待った？」

「いえ、今、テレビ局の人に送ってもらったばかりです」

ふわふわの天然パーマの髪は少し茶色がかっている。二十代後半のはずだが、まだ大学生だと言っても通じそうな、かわいらしい顔立ちだ。

「あ、そちらが甥っ子さんと姪っ子さんですね」

「ええ、春彦と小夏よ」

紹介されて、ふたりはぺこりと頭を下げる。

「春彦は大学生だけど、うちのスタッフとして働いていて、研修が終わったばかりなの。小夏のほうはまだ中学生だけど――」

ミタちゃんを見たとたん、五智が「あれ？」と目を丸くした。

「君、ミタちゃん？　ぼく、『ミタちゃんねる♪』見てるよ！」

「えっ、本当ですか？　ありがとうございます！」

「お野菜の歌、あれ、ぼくが作ったんだよ」

「えええっ、すごーい！　今日は『は行の巻』を撮ったんですよ」

「そうなんだ～～。♪ハハハハッ、白菜ぃ～～、だね」

「はい、♪ピピピピッ、ピーマン」

初めて会った五智と一分も経たないうちに意気投合したミタちゃんを見て、

「これなら大丈夫そうね。じゃ、よろしく～～」

と美根子は安心して帰っていった。

三人になると、「じゃ、行こうか」と五智が先頭に立ち、エントランスへ入っていく。

ガラス扉を開けると、奥にパネル状のインターフォンがあった。

目的の部屋番号を押してから、呼び出しボタンを押すとすぐに、

『パパ⁉』

と子どもの声がした。たぶん女の子だ。父親の帰りを待ちかねていたのだろうか。

「えっと……『三種のジンギ』の五智といいます。お母さん、いるかな？」

五智がカメラに向かってにっこり笑ってみせると、スピーカーの向こうからバタバタと誰かが近づいてくる気配がして、

『あのっ、どなたですか？』

「『三種のジンギ』の五智と申します」

『ああ、すみませんっ、今、開けますので！』

自動ドアが開き、三人は中へ入る。

一階のフロアの共同廊下を歩き、111号室へ。そこは角部屋で、入り口に腰までの高さの小さな門扉があり、短い通路の先に玄関ドアがあった。

(角部屋だし、このフロアではこの部屋がいちばん値段が高いんだろうな、きっと)

とミタちゃんが思っていると、玄関ドアが開き、

「先ほどはうちの子が失礼しました。さ、どうぞ」

と、三十代半ばくらいのひとりの女性が三人を招き入れてくれた。彼女の後ろに四、五歳の女の子がいる。さっきインターフォンに出た子だろう。

ミタちゃんはこちらをこわごわ見上げている女の子を見て、にっこり笑ってみせる。

すると、恥ずかしいのか、女の子はサッと母親の陰に隠れた。

依頼人――母親の名前は長佑柊子、保育園児の娘は心美。

ふたりの名前は、先ほど車の中で運転しながら美根子が教えてくれた。

「うちは夫が家事をしていたんですが、三日前から急な仕事で……。あ、ココちゃん、お夕飯できたら呼ぶから、それまでお部屋でケイティちゃんのダンス動画でも見てて」

言いながら、柊子が娘を玄関入ってすぐの右側の部屋へと入れた。どうやら、そこが子ども部屋のようだ。

廊下の突き当たりにある南側のリビングダイニングに通されると、少し散らかっていた。

「思い切って三種さんに電話してよかったわ。五智奏さん、ですよね？　テレビで何度か拝見してます。こんな有名な方に来ていただけるなんて。しかも、十日間もお願いできるなんて、本当にラッキーです」

「自分で言うのもなんですが、長佑さんはラッキーでしたね♪　実はこの期間に入るはずのお客さまが急な用事でキャンセルになったんです。ぼくとしても仕事が急になくなってとまどっていたのですが、社長の大事なご友人からご依頼があったというので、はりきってやってまいりました☆」

五智は目の横でVサインを作ってウインクした。

（これが漫画なら「キラッ☆」ってポップな描き文字が入るかも～～）

五智のこのポーズは配信動画では定番なのでミタちゃんは知っていたが、柊子は初めて見たようで、ちょっと引いている。

「ゆ、友人？　何回かジムでお会いしたことがあるだけで。ええっと……」

次の瞬間、目を泳がせていた柊子はダイニングテーブルの上に置きっぱなしのピザの箱に目を留め、「ヤバい」という顔をした。ふたは開けっぱなしで半分以上、食べ残している。

柊子はあわててふたを閉じながら、

「お昼にピザを取ったんだけど食べきれなくて。ごめんなさい、みっともなくて」

箱ごと捨てようとしたが、春彦がそれに待ったをかけた。

「捨てるなら、もらっていいですか？　僕、なにも食べないで出てきちゃったんで～～」

「ちょっ、お兄」

図々しい兄をミタちゃんが思わず肘でこづく。

が、柊子はさほど気にせず、「それでいいなら、よかったら食べて」と言ってくれた。

すると、そのご厚意に対し、五智がこんな提案をした。

「あ、じゃあ、アレンジしたいな。卵や小麦粉を使ってもいいですか？」

「え？　ええ、好きにしてちょうだい」

柊子はピザの箱をダイニングテーブルの上に戻すと、ミタちゃんたちを見た。

「ところで……そちらのおふたりはアシスタントさんですか？」

「はい、こっちが美根子社長の甥の三種春彦、その妹の小夏です。小夏はまだ中学生ですが、こう見えても掃除はプロのレベルなんですよ」

春彦とミタちゃんがぺこりと頭を下げると、

「まあ、甥っ子さんと姪っ子さんなの？　三種さんったら特別な人たちを私のために？でも、お掃除までは頼んでないんですけど……」

柊子が少し困ったような顔をしたので、五智がすかさず、「これは社長からの特別サービスです」と言い添える。

「春彦は大学生、小夏は中学生。ふたりともまだ学生ですが、美根子社長の後継者ですので、将来のために今から修業しているんです。このふたりの料金は発生しませんので」

「まあ、そうなの?」

強く断る理由もないようで、柊子は「じゃあ、お願いします」と言った。

「では、本日のご依頼の確認ですが」

と五智はタブレットを出し、画面を表示する。

「『今夜の夕飯』、『明日の朝食』、『お嬢様のお弁当の作り置き』でよろしいでしょうか」

「ええ、それでお願いします。食材は冷蔵庫の中のもので足りるかしら? 足りなければ、買いに行ってくださる? レシートをいただければ、あとで清算しますので」

「わかりました。では、冷蔵庫の中を拝見しますね」

と言って、五智が冷蔵庫を開け、中をザッと見る。

冷蔵庫は背が高く、冷蔵室が2ドア、二段目の右はチルド室、左は製氷室、三段目の引き出しが冷凍室、いちばん下の大きな引き出しが野菜室という470リットルタイプだ。

そして、冷蔵室も冷凍室も野菜室も、食材がぎっしり入っていた。夫が家を空ける前に買い置きしていったようだ。

「はい。これだけあれば充分です。なにかリクエストはありますか？」

「有名な五智さんにお願いするのは気が引けるのだけど、ナポリタンをお願いできますか？　娘が大好きなの」

「おまかせください。ぼく、ナポリタン得意です。お嬢さん、野菜の好き嫌いはありますか？　ピーマンが苦手とかは？」

「大丈夫。特にないわ」

「わかりました、では、サラダとスープも作りますね」

「本当、助かるわ。じゃあ、私は奥の部屋で仕事をしているので、あとはお願いします」

柊子はあわただしく仕事部屋へ引っ込んでいった。話している間も、ちらちらと壁の時計に目をやっていたので、仕事が詰まっているのだろう。

「じゃあ、始めますか〜〜〜」

五智が明るく言って、エプロンを身に着けた。

三種のジンギは社内の家事検定をクリアしたレベルでエプロンの色が決まっているのだ

が、柱は最高ランクのメンバーなので各自、イメージカラーのエプロンを特注で作っている。五智の場合は見た目にもあざやかなオレンジ色だ。

が、「三種のジンギ」の略称「ＳＮＪ」の文字とマスコットキャラクターであるヒヨコたち――それぞれ、はたき、ハンガー、おたまを持っている――がプリントされているのは、ミタちゃんたちの新人を表す黒いエプロンと同じである。

「シンクの皿洗いや簡単な片付けは君たちにまかせていいのかな」

「はい！　おまかせください」

　シンクには使用済みのマグカップや皿などが置かれている。柊子は洗い物をする時間が取れないのか、たまっていく一方だったようだ。

「洗い物は春くんにやってもらおうか。こなっちゃんはテーブルの上とか片付けてもらっていいかな？　あと、皿やカトラリーのセッティングも」

「は、はい」

　テキパキと指示を出されたのはいいのだが、「春くん」「こなっちゃん」と呼ばれ、ふたりは少し目を丸くしてしまった。五智は気さくな性格で、きっと誰にでもすぐに愛称をつけて呼んでしまうのだろう。

別に嫌ではないので、ミタちゃんたちはそれぞれ仕事に入る。

「あれ、よく見たら、食洗機がある」

シンクのカウンターの下にビルトインタイプの食器洗浄機があったので、春彦が開けてみると、中には食器や鍋が収まっていた。

きちんと並べてあるし、試しに皿を一枚手に取ってみたところきれいだったので、春彦の後ろからのぞき込んだ五智が、

「これはどうやら、旦那さんが出かける前にやっていったみたいだね」

と少し笑った。先ほどのピザもそうだが、キッチンの隅のゴミ箱にはコンビニ弁当の容器が捨ててあったので、夫が不在中、料理はいっさいしていないらしい。ここに食器や鍋が入りっぱなしだということに、柊子は気づいてもいないようだ。

（奥さんは家事が苦手そう……）

だということは、この家に上がってからすぐにわかった。

リビングには脱ぎっぱなしの上着がソファの背に無造作に載っているし、ダイニングテ

ーブルの上は食べかけのピザの箱の他、封を開けていないDMやチラシが積み重ねられていたからだ。よく見ると、リビングの隅に未開封の宅配便の箱が積んである。開けて中身を取り出す時間も惜しいようだ。

「お兄はシンクの食器を予洗いして。その間に食洗機の中のものを片付けちゃうから」

言いながら、ミタちゃんはまずピザの箱やチラシやDMをソファの座面に移動させ、空いたテーブルの上に食洗機の中のものを素早く移動させた。

それから、食器やカトラリー、鍋などを定位置へと戻しながら、ミタちゃんは車の中で聞いた美根子の言葉を思い出した。

「以前、ジムの更衣室で仲良くなった人でね、名刺を渡しておいたの。まだ保育園の娘がいるって言ってたわ」

美根子は商魂たくましいので、たまたま立ち寄った喫茶店で人脈を築いてくることもある。先ほどの反応からして、柊子も更衣室で顔見知りになった程度だったのだろうが、こうして仕事につながっているのだから、美根子の営業力は本当にすごいと思う。

長佑家の家族構成は、昨年リストラされた夫の修司、商社の企画部に勤めている妻の柊子、そして近所の保育園に通う長女の心美の三人だ。

「最近、ジムで見ないなあ、って思っていたら、この春、プロジェクトリーダーをまかされたんですって。旦那さんもフリーでWEBの記事を書く仕事をするようになって、取材旅行に行っちゃったらしいの」

しかし、美根子はそこまで話してから、少し声をひそめた。

「けど、なんかあやしいなあ……って思ってるの。本当は旦那さん、家出して実家にでも帰ったんじゃないかしら？　それを知られるのは恥ずかしいから、フリーのWEBライターって適当な設定を作ったような気もするの。あ、これはただの推測だから。柊子さんには絶対に言わないでね」

この家に来てまだ三十分も経っていないので、なんとも言えないが、

（うーん……どうなんだろ？）

夫の事情はわからないが、冷蔵庫をいっぱいにしていったところを見ると、家を空ける

際、部屋の掃除も洗濯物も完璧に終えていったような気がする。突発的に家出したようには見えない。

ふと気づくと、ミタちゃんがきれいにしたダイニングテーブルの上に、五智は冷蔵庫やパントリーから必要な食材や調味料を出して並べていた。

パスタ（乾麺）、ピーマン、玉ねぎ、ソーセージ、レタス、にんじん、ズッキーニ、卵、小麦粉、ケチャップ、コンソメ（顆粒）、コーン缶などなど。

「前もって並べておくんですか？」

「うん、食材の量や消費期限、傷みがないかどうかなどの状態もチェックするんだ」

（卵や小麦粉はなにに使うんだろ？　サラダかスープ……かな？）

卵はゆで卵にして粗く潰してマヨネーズで和えてレタスに載せれば、それだけでサラダが一品完成する。小麦粉はスープのとろみ付け、とか？

なんて考えていると、五智の声がした。

「それにね、こうやって並べて見て、頭の中で手順も確認すると仕事が早い」

「ほ～、なるほど！」

さすがです、とミタちゃんはうなずいたけれど、

「コーンだけに、こーんがらがっちゃわないようにね！」

と五智がコーン缶を手に取って、にっこり笑ったときは、「あー……な、なるほど」と苦笑いしてしまった。

しかし、春彦にはウケたらしく、

「ぷはっ、おもしろーい」

と笑っている。五智のテンションはたちまち上がり、

「でしょでしょ？　社長には、ぼくのイメージが崩れるからお客さまの前ではやらないようにって言われてるんだけど。おもしろいよね〜〜？」

「もっともっと安くしてよ〜〜。玉ねぎだけにしこたま値切った！」

「レタスにやられたっス！」

スイート
コーン

「この卵、エッグいくらいデカイなあ〜〜〜、なーんてね」

五智のダジャレ三連発に対し、

「あはははははは〜〜〜！」

春彦は涙を浮かべて笑っている。

兄は完全にツボったようだが、妹のミタちゃんは引きつった笑いを浮かべていた。

(五智さん、見た目は一見、どこかのアイドルかっていうぐらい、かわいいタイプのイケメンなのに。ダジャレ王だったのか〜〜〜)

(ぼくのイメージが崩れるというより、ダジャレがトホホだからやめてほしい、という意味では？　叔母さんも最初は愛想笑いを浮かべてたんだろうなあ。ああ、目に浮かぶわ)

が、五智はさすがプロ。ダジャレを連発しても、仕事の手は止まっていなかった。

26センチのフライパンに湯を沸かしている間に手際よく野菜を切っていたのだ。

玉ねぎはくし切り、ピーマンは飾り用に少し輪切りにし、残りは短冊切りにしていく。

ソーセージは輪切り。これもあっという間の作業だった。

「ソーセージ、斜め切りにしないんですね」

「輪切りのほうが子どもは食べやすいからね」

「なるほど〜〜」

さりげない気遣いはさすがだな、と思う。もしこの家にお年寄りがいたら、その人に合わせた具材の切り方をしたに違いない。

（まだ卵の出番がないなあ。あ、スープにとき卵を入れてふわふわにするのかな）

と思ったら、違った。

「こなっちゃん、天ぷらの衣、作れる？」

「はい、できますけど？」

「じゃ、まかせちゃおうかな」

小麦粉の袋を持った五智を見て、

（今夜のメインはナポリタンなのに、なぜに天ぷら？）

と首をひねったミタちゃんだった。

夕飯の支度ができると、柊子とココちゃんがダイニングテーブルについた。

「すごーい！　目玉焼きが載ってるナポリタン、初めて見た〜〜」

ケチャップ色の麵の上に目玉焼きが載っているのは、楽しくてわくわくする。

目玉焼きは柊子の皿は真ん中に載っていたが、ココちゃんの皿は端っこに寄せられていて、五智はそこにもうひと工夫、加えた。

「目玉焼き島の浜辺に……はい、タコさんが遊びに来たよ♪」

五智が最後の仕上げとして、白身の部分にタコさんにしたソーセージを載せる。

そして、皿のふちにブロッコリーを立てかけた。島に生えた木に見立てているのだ。

「すごーい！」

ココちゃんは大喜びだ。

なのに、柊子がフォークでブロッコリーを取り去った。

「ごめんなさい、この子、ブロッコリーが嫌いなの。言うの忘れてたわ」

「そうだったんですね。では、明日は気をつけます」

「ごめんなさい、せっかくかわいく盛りつけてくださったのに。じゃあ、いただきます。

「……あら、スープ、おいしい！」

スープをひとくち飲んで、柊子は目を輝かせた。

にんじんの赤とズッキーニの緑、コーンの黄色、目にもあざやかだ。

「少しだけ、ひき肉が入っているのね」

「はい、冷凍室に鶏のひき肉があったので、それを少し使いました。お肉がちょっと入っているほうが旨味が増すので。あ、よかったら、こちらもどうぞ。先ほどいただいたピザのあまりを天ぷらにしました」

五智が出した一品を見て、柊子は「え？」と怪訝な顔をした。

「ピザの天ぷら？」

ピザは焼くものであって揚げるものではないはずだが、これはひとくち大に切って衣をつけて揚げてある。

「衣に青のりを混ぜてあるので風味もいいと思います。よかったら、そのままどうぞ」

五智がにっこり笑って勧めるので、柊子は半信半疑といった感じでつまんだ。

「あら？　意外とおいしい！」

「ですよねー。先日、番組のプロデューサーに連れていってもらった居酒屋さんで初めて食べたんです。あ、ニューヨークの居酒屋さんが発祥らしいですよ」

「へー、ピザも天ぷらも日本人には当たり前のメニューだけど、どっちも油っこいイメージなのに、かけあわせるとこんなにおいしくなるなんて……」

柊子はハッとなり、

「意外なもの……かけあわせ……」

とぶつぶつ言いながら席を立った。

「ちょっと仕事に戻るわ。忘れないうちにやらないと……！　あ、これはもらっていくわ」

ピザの天ぷらをひとつふたつ小皿に載せて、柊子はバタバタと奥の部屋へ向かう。

あとには三分の一も食べていないナポリタンと、ひとくち飲んだだけのスープ、そして、まだ食べはじめたばかりのココちゃんが残された。

しかし、ココちゃんは不満そうな顔もせず、もくもくと食べている。

(もしかして、いつもこうなのかな……？)

ミタちゃんがそう思っていると、

「じゃあ、ぼくたちは後片付けをしてから、お暇しよう」

と五智が言った。

後片付けといっても、五智とミタちゃんが使い終わった調理器具を春彦がどんどん洗っていったので、やることはほとんどない。

「本日はありがとうございました。ぼくたちそろそろ帰ります」

五智は柊子が残した皿にラップをかけてから奥の部屋へ向かい、ドア越しに声をかけた。

しかし、中からはパソコンのキータッチの音がかすかに聞こえるだけで返事がない。

仕事に夢中のようだ。

勝手にドアを開けるわけにはいかないので、仕方なくココちゃんのもとへ戻ると、

「おにいちゃんたちが出ていったら鍵閉めるから、帰っていいよ」

とココちゃんが言った。

（しっかりしてる〜〜）

ミタちゃんは感心しながらも、ココちゃんが心配になる。

「そう？　大丈夫？　お風呂や歯磨きは――」

「お風呂は明日の朝、ママとシャワー浴びるから大丈夫。歯磨きはひとりでできるよ」

「そうなんだ？　ひとりで歯磨きできるの、エライね」

「別にエラくないよ。保育園でもお弁当やおやつを食べたあとは歯磨きするもん」

「そっか、そうなんだねー。じゃあ、お姉ちゃんたち帰るね」

「うん、バイバイ」

「ココちゃん、また明日ね」


マンションを出ると、エントランスにタクシーが一台停まっていた。

いつのまにか五智が呼んでいたらしい。

「ぼくがさっきアプリで予約しといたんだ。送っていくよ」

「え、でも――」

「遠慮しなくていいから。会社の経費だし。タイム・イズ・マネー。時は金なり、だよ。ぼくは忙しいんだ。明日の午前中も収録があるしね。さ、早く」

結局、送ってもらうことになり、運転席の後ろに五智、真ん中にミタちゃん、助手席の後ろに春彦が乗った。

「こなっちゃん、ココちゃんのこと、少しかわいそうに思っているだろ?」

「あー……はい」

「だからって、お風呂や歯磨き、寝る支度まで面倒見るわけにいかないよ。それに、あの子、きっと慣れてる。お母さんにああやって放っておかれることに」

「え……」

「泣いたり、わがまま言ったりしなかったのは、ぼくたち……知らない人たちの前だからってこともあるかもしれない。けれど、あの子はわかってるんだろうね、わがままを言って、お母さんに叱られたり怒られたりすることが面倒だって」

「め、面倒?」

「でも、あのお母さん、夕飯のリクエストはココちゃんの好物だったろ。忙しくても娘への愛情はちゃんと示してるんじゃないかな」

(……そうかも)

とミタちゃんは思った。

五智が木に見立てて置いたブロッコリーを、娘が嫌いだからとすぐに取り去ったし。

ココちゃんは本当にナポリタンが大好きなようで、うれしそうに食べていたし。

そんなことを思い出しているうちに、ミタちゃんはふと気づいた。

——自分には母親がいないから、お母さんってものが本当はどういうものかわかってないのかもしれない、と。


寮に戻ると、夜八時を回っていた。

「お腹すいた～～、やっと食べられる～～」

共有リビングのソファに倒れ込んだ春彦のお腹が、ぐーきゅるる……と鳴る。

「長佑さん家にいる間、本当、地獄だったよ。あんなにおいしそうなものが目の前に並んでるのに食べられないし、いい匂いはずっとしてるし」

「もう、情けないなあ、お兄は。気持ちはわかるけど……」

そういうミタちゃんも、もう腹ペコだ。

「今から作るからちょっと待って」

「うー……早くして〜〜〜」

ミタちゃんはさっそく共有キッチンに立ち、もらってきたピザの残りを天ぷらにした。それだけだとちょっと物足りないので、冷凍しておいたにんじんや玉ねぎなどの野菜のあまりを鍋でサッと炒めて、そこにお湯を足し、コンソメや塩で味を調える。

（そうだ、五智さんを真似て……）

冷凍しておいた豚のひき肉を少し入れてみる。これで栄養満点のスープのできあがりだ。

ミタちゃんと春彦はダイニングテーブルに向かい合って座り、さっそく食べはじめる。

「うまっ！　ピザの天ぷらなんてどうなの？　って思ってたけど、これはうまい！」

「うん、おいしい！　サクッとしてるし、生地が厚いところはふわっとしてて、薄いところはクッキーみたいにカリッとしてて。一食浮いてよかったね、お兄」

お腹が満たされて少し落ち着いてから、ミタちゃんはふと春彦を見た。

「ねえ、お兄。お母さんってどんな人だったの？」

「えー……あんま覚えてない」

「うそっ、九歳も上なんだから覚えてるでしょ？」

「……って、言われてもなあ」

「本当に覚えてないの？　お兄、記憶力なさすぎ！」

ミタちゃんが悪態をついたとき、美根子が顔を出した。

「あら、なにそれ」

「ピザの天ぷら。あたしが作ったの。あ、教えてくれたのは五智さんだけど」

「へー。ひとつちょうだい。……ん、おいしい！　これ、もしかして、宅配ピザのあまり？フードロス対策にいいわね。で、どうだった？　柊子さん家は」

「とっても忙しそうでした。食事の途中で仕事に戻ってたし」

「あら、大変そうね。でも、そういう女性にこそ、家事代行サービスは必要よね。今ね、ワーママプランを考えているの」

「ワーママ？」

きょとんとした顔の春彦に、美根子は「知らないの？」と軽くため息をついてから、

「ワーキングママ。働きながら育児をしているお母さんのことよ。今回のは急な依頼だったけど、テストケースにしようと思って金額もお得に設定させてもらったの。あんたたち

にもレポート書かせるから、いろいろ気をつけて見ておいてね。あ、これ、もらってくわ」

と最後の一個をつまんで一階の事務所に下りていってしまった。

美根子は叔母だからワーママではないけれど、

(働く女性って、みんなあんなに時間に余裕がない感じなのかな？？？)

と、つい思ってしまうミタちゃんだった。

翌日、学校から帰ってすぐにミタちゃんは自転車で長佑家へ向かったのだが、家にいたのは知らない女の人だった。柊子の母親かと思ったら違っていて、

「チャイルドシッターの佐々木です。『三種のジンギ』の方ですよね？　ママさんからうかがっています。ママさんは昼過ぎに打ち合わせがあるそうで外出されました」

それで急きょ呼ばれたらしい。彼女には一か月の間に数回、依頼がくるという。

ミタちゃんより先に来ていた五智が、

「チャイム鳴らしたら違う人が出たから、ぼくもびっくりしたよ」

「最近はパパさんが家にいたので、依頼は前に比べたら減っていたんですけどね。でも、よかったですよね、パパさん、お仕事決まったみたいで」

シッターさんの話によると、朝のお弁当作り、保育園の送り迎え、洗濯、料理、掃除など、家事はひととおり父親がやっていたという。

シッターさんは声をひそめて、

「ここだけの話、ココちゃん、パパっ子なんですよ。ママさんは家にいても仕事ばっかりしているでしょ？　だから――」

ピピッ、ピピッ。

と突然、音がしたのでなにかと思ったら、シッターさんの腕時計のアラームだった。

「あ、そろそろ、ココちゃんを迎えに行かないと」

「じゃあ、こなっちゃんも一緒に行っておいで」

「え、いいんですか？」

「うん、ぼくはちょっとやることがあるから」

ひとりにしておいてほしい、という意味だと察し、ミタちゃんはシッターさんとともにマンションを出る。

保育園は徒歩十分くらいのところにあった。柊子が仕事に行く前にあらかじめ保育園に連絡しておいたので、すんなりとふたりは正門を通ることができた。

すると、ほぼ同時に児童用玄関から、帰り支度をしたココちゃんが飛び出してきた。

「佐々木さん、今日、来る日だったっけ？」

「ママさん、急なお仕事入ったみたいで呼ばれたのよ」

「ふーん……あれ？　昨日のお姉ちゃん！　今日も来てくれたの？」

ココちゃんはシッターさんの後ろに控えていたミタちゃんを見つけて、パッとうれしそうな顔をしたけれど、気になることでもあったのか、ミタちゃんの後ろに視線を送った。

ミタちゃんが「ん？」と、肩越しに振り返ると――。

物陰から男の人がこちらを見ていたような……？　気のせい？

（誰かのお父さんかな？）

と思っていると、

「小夏さん、行きますよ？」

とシッターさんに声をかけられ、ミタちゃんは前を向いた。

「すみません。ココちゃん、手をつなごうか」

「うん、いいよ」

ココちゃんと手をつないで一緒に帰ると、五智がキッチンの掃除をしていた。

「五智さん、あたし、手伝ったのに」

「いや、ちょっとひとりで集中したかったんだ。気にしないで」

昨日は洗い物やダイニングの片付けをしながら料理をしたし、食事を提供したあとはすぐに帰ったので、コンロ周りの掃除までは手が回っていなかったのだ。

（さすが料理の柱！　料理をする場所まで気を配るなんて）

ミタちゃんは感激しつつ、ココちゃんに言った。

「あ、そうだ、ココちゃん、お弁当箱を出してくれるかな」

「……うん」

が、ココちゃんはなぜか困ったような顔をした。

残したのか、嫌いなものでも入っていたのかと思いながら、ミタちゃんはふたを開けたのだけど食べ残しはいっさいなかった。

(そういえば、ママさんが昨日、ココちゃんは嫌いなものは特にないって言ってたっけ。あ、でも、ブロッコリーは嫌い……)

そんなことを考えながら、ミタちゃんはお弁当箱を洗う。

(あれ……？　結構、きれいに洗ってある)

ココちゃんの通う保育園では雑菌の繁殖予防のために、食べたあと軽く洗うよう指導しているのかもしれない。

「ところで今日、春くんは？」

「あ、今日は大学の授業が六時限目まであるので休みです」

「そうなんだ、真面目に大学生やってるんだね」

「どうなのかなあ、お兄のことだから授業中、寝てばっかのような気もするけど」

とつぶやいてから、ミタちゃんはふとテーブルを見た。

今日の夕飯に使うものだろう。テーブルには、牛と豚のあいびき肉、玉ねぎ、パン粉、卵、絹ごし豆腐などが並べてある。

「今夜のメニューはハンバーグにしてくれってさ。明日のお弁当にもハンバーグを入れてくれて構わないからって」

「豆腐はなにに使うんですか？　おみそ汁？」

「ふふん、それは見てのお楽しみ♪　あ、こなっちゃん、玉ねぎのみじん切り、お願いできる？　よかったら、ぼくが持ってきた、みじん切りチョッパー使って」

「はい！　では、お借りしまーす」

ミタちゃんははりきって玉ねぎのみじん切りを始めたけれど、昨日から気になっていたことを五智に訊いてみた。

「あのー、五智さん的にはどうなんですか？　昨日はナポリタンで今日はハンバーグ……。せっかく料理の柱を呼んでいるのに、もったいないというか～～～」

「いやいや、お客さまのニーズに応えるのが、ぼくの仕事だから」

「お店をやろうとか思わないんですか？」

「前は働いてたよ、店で。でも、同じメニューばっか作るのって飽きちゃうタイプでさ。日替わりメニューもあったけど、それも仕入れの関係でルーティン化しちゃって、つまんなくなっちゃって」

「へー、そういうものなんですか」

「いろんなご家庭に行くの、楽しいよ。地方出身の人の家とか、見たことない調味料や地元でしか売ってないようなみそや醤油があったりするんだ」

「でも、今ってネットでお取り寄せしたりできるじゃないですか」

「そりゃそうだけど、それじゃおもしろくないだろ。その家の人に、どんなふうに使っているか聞くのも勉強になるし。会話も弾むし、一石二鳥♪」

「なるほど〜〜」

ミタちゃんが感心している間に、五智は食材を手際よくボウルに入れてこねる。

「へー、豆腐はハンバーグの種に混ぜるんですね」

「うん。こうするとふんわりしっとりするんだ。こなっちゃんも今度作ってごらん」

夕飯の支度をし、明日の朝食とお弁当の作り置きも用意すると、本日の仕事はこれにて終了となった。シッターさんが配膳などの仕事は引き継いでくれたので、ふたりは帰ることにする。

長佑家をあとにしてエントランスへ出ると、五智が言った。

「ぼく、これから雑誌の取材を受けに出版社へ行くんだ。タクシーで送ってあげるよ」

「いえ、自転車で来ているので……」

ミタちゃんが上着のポケットから自転車の鍵を出していると、ふと、誰かの視線を感じた。そちらを見ると、電柱のそばでスマホを手に電話をしている男の人がいた。

なにげにこちらを見ただけだったのかな、と思っていると、

「あ、忘れてた！」

と五智が声を上げた。

「え、忘れ物したんですか？」

「ううん、じゃなくて。もーめんどう……ふー」

五智はそう言って、やれやれ、というような仕草をした。

「へ？　なにが、面倒なんですか？」

ありきたりなメニューばかり作るのが面倒になったのかと思ったら、

「いやいや、木綿豆腐だけに、もーめんどう、ふー……」

（忘れてたって、ダジャレかい！）

ちょっと苦しいし。しかも、ハンバーグの種に混ぜたのは、木綿ではなく絹ごしだ。

「せっかく思いついたのに言うの忘れてたよ。じゃ、また明日」

ちょうどそこへタクシーが来たので五智が乗り込み、ミタちゃんは来客用の自転車置き場に向かったのだが。

（さっきの男の人、やっぱ、なんか妙だった気がする……。あっ、五智さん、有名人だから記者が張り込んでたりしたのかな？）

いやいや、それは考えすぎかも。あのマンションのどこかの家に探偵が張り込んでいるのかもしれない、とミタちゃんは思ったのだった。

翌日、ミタちゃんと春彦が行くと、柊子はリモートワークで在宅中だった。

保育園へはすでに迎えに行ったらしく、ココちゃんも家にいた。

五智はあとから来る予定なので、その前にミタちゃんたちはキッチンの掃除をするように言われている。春彦がシンクにたまった食器を洗い、ミタちゃんがワイパーで床を掃除していると、ココちゃんがとことこやってきた。

「ねえねえ、お姉ちゃんは〝お掃除大好きミタちゃんです♪〟のミタちゃんなの？」

「うん、そうだよ。なんで知ってるの？」

「昨日、佐々木さんと見たの。『お野菜の歌』、一緒に踊って」

「あー……でも」

仕事中なのでミタちゃんがためらっていると、春彦が「ここはいいから」と相手をするように言ってくれた。

しかし、リビングで歌ったり踊ったりするのは奥の部屋でリモートワーク中の柊子に迷惑をかけるかもしれないので、子ども部屋へ移動する。

部屋の中には四畳半には不似合いな、大画面のテレビがあった。

「すごっ、テレビ大きいね」

「うん、これでネズミーチャンネル見て英語を覚えなさいって、ママが」

言いながらココちゃんがリモコンを操作し、「ミタちゃんねる♪」を表示する。

すると、大画面に自分の姿が映り、ミタちゃんは思わず「うわっ」と声を出してしまった。恥ずかしいことこの上ない。

ココちゃんは再生履歴から「お野菜の歌」を選び、「か行の巻」の歌を踊り出す。

「♪カカカカ、かぼちゃ〜〜〜、キキキキ、キャベツぅ〜〜〜！　ククク、クレソン。ケケケケ、ケール。ココココ、小松菜〜〜〜」

（う、自分の映像見ながら自分で踊るって、ちょー恥ずかしい！）

しかし、ココちゃんに楽しんでもらいたいので、ミタちゃんは恥ずかしさを我慢して一緒に歌って踊った。

「あ、『は行の巻』がある！」

「あー、それね、アップされたばっかりなの」

「じゃあ、歌って！」

とせがまれ、ミタちゃんは再生された「は行の巻」を歌い踊る。

「♪ハハハハッ、白菜ぃ〜〜〜」

ココちゃんは「は行の巻」も気に入ったらしく、結局、五回も再生した。

（あー恥ずかしかった……）

「そういえば、ココちゃん、クレソンとかケールとか米ナスってわかるの？」

「ううん、わかんない。でも、米ナスはナスでしょ？　ナスは好きだよ。パパがよく麻婆ナスを作ってくれるよ」

「そうなんだ〜〜〜」

「は行の巻のお野菜、ココは全部食べられるよ。だから便秘にさよならできるね」

「あは、そうだね。あ、でも、ココちゃん、ブロッコリーは好きじゃないよね？」

「うん。でも、食べられるよ」

「えっ、そうなの？」

「うん、だって栄養満点なんでしょ？　パパも食べたほうがいいって言ってた」

しかし、一日目に柊子は「この子、ブロッコリーが嫌いなの」とはっきり言っていたが。

（ママさんは嫌いなものを無理に食べさせない方針だったの……かな？）

「のどかわいたから、ジュース飲みたい」

「じゃ、持ってくるね」

ミタちゃんが子ども部屋を出てキッチンへ向かうと、食洗機の動く音がする中、春彦がワイパーで床掃除をしていた。

「あ、お兄、代わりに掃除してくれてありがと」

「あのさ、小夏。ココちゃん、ちゃんとお弁当食べたのかな？」

「え、どういう意味？　あんまり食べてなかったの？」

「いや、それがさ」

春彦はお弁当箱を洗うときに手袋を外していたらしく、例によって、うっかりなにかが〝見えて〟しまったらしい。

「お弁当箱のふた、誰かが取ったのが見えたんだ。たぶん、男の人の手だと思う。お弁当の中身を盗んだのかもしれない」

春彦には、人とは違う特異な能力――「物に宿る記憶」を読み取る力があった。

発動するのは、その手で物にふれたとき。

しかし、なにかをさわるたびに毎回〝見える〟わけでもなければ、春彦自身の意志で自在に〝読み取れる〟わけでもない。

いつ発揮されるかは、まったくのランダム。ふとしたときに見るつもりのないものまで〝見えて〟しまい、ただでさえ抜けている春彦の日常生活にも支障をきたしている、なんとも厄介な能力なのだ。

これは三種家の男子に受け継がれるもので、叔母の美根子によれば兄……つまり春彦とミタちゃんの父・繁彦も苦労したらしい。

「中身を盗む、って、誰かがこっそりおかずを抜き取った、とか？　そんなんじゃなくて、保育士さんなんじゃないの？　うまくふたが開けられなくて取ってくれたとか」

「あー、そっか、きっとそうだな」

春彦は〝見えて〟しまったときに、おかずを盗まれたと考えたようだが、ミタちゃんの推測を聞くと納得した。

「そうだよ、きっと」

ミタちゃんがジュースの用意をしていると、インターフォンが鳴った。五智だ。子ども部屋にジュースを届けると、そのまま玄関の鍵を開けて五智を出迎える。

「おー、こなっちゃん、お疲れさま」

お疲れさまです、と返してから、ミタちゃんは一応、こう報告した。

「あの、五智さん。ココちゃん、ブロッコリー食べられるそうです。好きか嫌いかと訊かれたら、特に好きじゃないというぐらいのレベルみたいですけど」

「そっか。でも食べられるなら、ブロッコリーもお弁当に入れておくか」

五智はそう言って、手を洗うために洗面所に向かった。

翌日、中学から帰ってくると、ミタちゃんは社長室に呼ばれた。

社長室にはすでに春彦がいて、美根子はパソコンをカタカタ打っていた。メールの返信をしているようだ。

「お兄、なんかあったの？」

「いや、それがさ……」

兄妹でこそこそ話していると、美根子の作業が終わり、キッとにらまれた。

「おまたせ。さっき柊子さんからクレームの電話が入ったわよ。お嬢さん、今日のお弁当、全然食べずに帰ってきたんですって」

「えっ……だって、今まできれいに完食していたのに？」

「五智くんでもこんなことがあるのね……。なにか思い当たることはない？」

「いえ、特には……」

あの忙しい柊子がわざわざクレームの電話を入れてきたということは、ココちゃんの具合が悪かったから食べなかった、というわけではないのだろう。

「とにかく、すぐに柊子さん家に行ってちょうだい。五智くんも向かっているはずだから」

と言われ、ふたりは急いで支度をし、自転車を二台連ねて長佑家へ向かった。

すると、五智がマンションの前で待っていた。

「さっき社長から聞いたよ。ぼく、お弁当を残されたの、初めてなんだけど〜〜〜」

プライドが傷ついたようで、五智は沈んだ顔をしている。

「ブロッコリーを入れたのがいけなかったのかなあ……。細かく刻んで卵のタルタルソースと混ぜたから、あのつぶつぶ感も青臭いにおいもしなかったはずなんだけど」

「とにかく行ってみましょう」

悩んでいても仕方ないし、柊子やココちゃんに会わなければ本当のことはわからない。

今日はリモートワークの柊子が出迎えてくれたが、明らかに不機嫌な顔だった。

「うちの子、ブロッコリーが嫌いだって言ったはずよ。なのに、なんでお弁当に入れたの？」

「あのー、そのことですが、昨日、ココちゃんから食べられる、と聞いたので」

とミタちゃんが言ったが、柊子は「うそ」と目を吊り上げ、ココちゃんを見た。

「ブロッコリーのにおいが他の食材に移って食べられなかったのよね？」

ココちゃんはママが怖いのか、とまどっていたけれど、思い切ったように、

「ううん。ココ、ブロッコリー食べられるようになったよ」

と、はっきり言った。

「え……？　うそでしょ。いつから？」

「ママはココのこと、全然見てないんだね」

「でも、食べてないじゃない。なんで食べられるようになった、ってうそをつくの？」

「うそなんかついてないよ。食べられるようになったもん！」

「なら、なんでお弁当を全部残したの？」

「食べる時間がなかっただけだよ！　今から食べるから、それでいいでしょ？」

「そういうことを言ってるんじゃないの。なんで食べなかったのかって訊いてるの！」

「お弁当なら食べたもん！」

「なに言ってんの、食べてないでしょ！」

親子ゲンカに発展しそうになり、ミタちゃんたちはおろおろする。

そのとき、ガタッとかすかな音が聞こえた。テラスからだ。

「ん？　外に誰かいる？」

そちらを見ると、ガラス戸のカーテン越しに人影が映っていた。その誰かが身を翻し、

庭へ降りる。明らかに不審者だ。ブロッコリーショックで落ち込んでいたはずの五智の判断は早く、

「春くんは庭へ！　ぼくは外から回り込むよ」

と指示し、急いで玄関へ向かった。

「え、ええええっ、ぼ、僕、Gも退治できないのに、どうしろと〜〜〜？」

「お兄、ほら、早く！」

ミタちゃんはテラスにつづく掃き出し窓を開けた。

春彦はもたもたしながらテラス用のサンダルを履き、

「ま、待て〜〜っ」

と迫力に欠ける声で短い階段を庭へと降りる。

「やっぱり泥棒？」

ミタちゃんがそう思うのも無理はなかった。その男は帽子を目深に被りマスクをしていたのだ。これは間違いなくあやしい！

「ち、違う……！　お、おれは……」

うろたえながら後ずさりする男に、

「がお～～っ」

なにを思ったか、春彦が両手をゴリラのように振り上げる。

そうしているうちに、外から回り込んできた五智が男に迫った。

「泥棒め、観念しろ！　こなっちゃん、警察！　１１０番！」

「は、はい！」

ミタちゃんはスマホを取り出し、あわてて電話をかけようとする。

「や、やめろ、だから違うんだ！　おれは——」

次の瞬間、逃げ回る男めがけて、春彦が「うわーっ」と飛びかかった！

そして、ふたりして芝生の上に転がった瞬間、春彦はハッとなり……。

「あれ？　あなたはもしかして——」

春彦には、〝見えて〟しまった。

目の前の男がココちゃんと親しげに笑ったり、抱っこしたりしているのを。

男が起き上がろうとしたその拍子に帽子が脱げ落ちて、

「パパ！」

とココちゃんが叫んで、靴下のまま庭へ下りてきた。

「パパ……？」

わけがわからず、ミタちゃんたちは唖然とするばかり。

今度は柊子がサンダルをひっかけて下りてきて、男に怒鳴った。

「やっぱり、あなただったのね？　この前、管理人さんが『旦那さん、昨日も庭の手入れをしてましたね』なんて言ってたから、変だなと思ってたのよ！　家出するなら家出するで、潔くやりなさいよ！」

そう、この不審な男は柊子の夫であり、ココちゃんの父親である修司だったのだ。

取材旅行へ出かけた、というのは柊子の作った設定で、本当は家出していたらしい。

「い、いろいろ心配で……」

「なにが？　うちは私の稼ぎで充分やっていけるんだから、大丈夫！　家事だって、ほら、このとおり、サービス業者さんに来てもらってるし！」

「いや、でも……」

「あなたの居場所はもうないの！　とっとと実家にでも帰りなさいよ！」

柊子は怒鳴るばかりで、修司の言うことを聞こうともしない。

しかし、みじめな顔の修司にココちゃんが抱きついた。

「やだ、パパ、行っちゃヤダ！」

「心美……？　なんで？　こんなパパ、いらないでしょ？　ほら、ごはんだって、五智さんがおいしいの作ってくれるからいいじゃない」

「ヤダ、ココはパパのお弁当じゃなきゃヤダ～～～っ！」

「心美……」

ココちゃんが泣き出し、修司が頭や背をなでる。このまま庭で話すのは近所迷惑になるので、とりあえず家の中に入り、まずは落ち着いて話をすることにした。

「ご家族の問題だし、ぼくたちは帰ろう」

と五智がミタちゃんたちを促す。

が、ミタちゃんは気になることがあったので、それだけは訊くことにした。

「あのー、ひとつお訊きしたいことが。実はあたし、何度か不審な男の人を見ていたんですが、それって、やっぱり、ココちゃんのパパさんだった……んですか？」

もし本当に不審者なら警察に一報を入れるべきなので、はっきりさせようと思って訊いたところ、修司は「はい」と答えた。

「パパさんはココちゃんのために毎日、お弁当を届けていたんですよね？」

不審者でなくてよかったと思いつつ、ミタちゃんは自分の考えを口にした。

「えっ……なんで、そんなことを？」

目を丸くする柊子に、ミタちゃんが続ける。

「さっき、ココちゃんが言っていたじゃないですか。パパのお弁当じゃなきゃヤダって。だからですよね、パパさん？」

修司は微妙に柊子から目を逸らしつつ、こくん、とうなずいた。

「この前の夫婦ゲンカのあと、家出して遠くへ行こうと思ったんだけど、心美のことが心配で近くのウィークリーマンションを借りたんだ。で、そこでお弁当を作って、毎日、届けに行って……。保育士さんには『娘がお弁当を忘れた』とか『持たせ忘れた』とか適当に理由をつけて渡してた」

「あれ？　じゃあ、ぼくが作ったお弁当は？」

五智が小首を傾げると、修司は「すみません」と頭を下げた。

「おれが食べました！　昼過ぎに子どもたちが園庭で遊ぶ時間があるので、そのときにこっそり柵越しに受け取っていたんです。近くの公園で食べてから水道で洗って、すぐにまた柵越しに空の弁当箱を渡して……いやあ、さすがは有名な五智さん！　ハンバーグ、ふっくらしていてとってもおいしかったです！」

「あー……そ、それはどうも」

修司のほめ言葉はうれしいが、五智は微妙な笑顔を作った。ココちゃんのために作ったのであって、修司のためではなかったからだ。

(お兄に〝見えた〟大きな手は、パパさんの手だったんだ)

頭の中で話がつながり、ミタちゃんは「ふー」と息をつく。

「でも、今日はなんでパパさんはお弁当を食べなかったんですか？」

と、ミタちゃんが訊くと、修司は困ったように軽く頭をかいた。

「午前中にオンラインで面接が入って、保育園へ行くのが遅くなったんです。保育士さんに預けようとしたら、ココちゃん、お弁当持ってきてましたよ？　って言われて――」

お弁当の時間にお弁当を出さなかったら、保育士があやしんで柊子に電話してしまうと思ったのだろう。修司のお弁当を受け取れなかったココちゃんは仕方なく、家から持ってきた五智が作ったお弁当を出した。が、食べたふりをしてすぐにふたを閉めて、そのまま持って帰ってきてしまったのだ。

五智のお弁当がおいしいかどうか、ということは関係ない。

パパの作ったお弁当じゃなかったから食べるのをやめた、というだけだ。

「あのね、ココ、パパのお弁当がいいの。だから、パパ……帰ってきてよ」

「心美～～っ」

抱き合うふたりを見て、柊子は少し困ったような顔で頭をかく。

「あー、もうっ。修司さん、今夜の夕飯作ってちょうだい」

「え、柊子、それは……」

「私は忙しいの、二度も言わせないで。五智さんたちは申し訳ないけど、今日は帰ってください。料金はきちんとお支払いしますので」

「ええ、では、今日はこれで失礼します」

五智がそう言い、ミタちゃんたちは早々にお暇することにした。

エントランスへ向かいながら五智がミタちゃんを見た。

「それにしても、こなっちゃん、すごいな。さっきの推理、探偵みたいだったね」

「あー、それほどでも〰〰」

ミタちゃんは苦笑いした。五智には当然、春彦の能力は内緒だ。


その夜、柊子から美根子に残りの日数をキャンセルするという連絡が入った。

どうやら、修司は無事に家に戻り、あの家族は再スタートを切ることにしたらしい。

週末、ミタちゃんは校外学習で古墳見学へ行った。

自由が丘から電車で一本の等々力駅近くにある野毛大塚古墳だ。

「ここは都内でも珍しい帆立貝形古墳です。五世紀前半に造られ――」

先生の説明を聞きながら、ミタちゃんはふと、

「古墳にコーフン……なんちゃって」


と言ってしまった。

(うわわわ、自分でもベタすぎる~~~!)

穴があったら入りたい気分だったが、同じ班の子たちは、大いに笑ってくれた。

「それ、ベタすぎ!」

「ビミョーにウケる~~~」

「あ、ははは~~~」

ミタちゃんは照れ笑いを浮かべ、頭をかく。

(五智さんと数日いただけで毒されていたとは。恐るべし、ダジャレ王)

写真を撮ったり、スケッチしたり、メモを取ったりしたあとは、お弁当の時間。

班ごとにレジャーシートを広げて食べることになり、ミタちゃんも同じ班の子たちと古墳を眺めながらのランチとなった。

「お弁当なんて久しぶりだよね」

「いつも給食だしね」

「あ、ミタちゃんのお弁当見たいな」

興味津々な顔で訊いてきたのは、同じ班の鹿野日葵だった。

「あの伝説の家政婦の叔母さんが作ってくれたの？」

ミタちゃんが有名な三種美根子の姪っ子というのは、入学後、まもなく知られてしまった。保護者面談の際に、他の生徒の親たちが「もしかして、あの有名な⁉」と騒ぎ出してしまったからである。

まあ、事実だし苗字も同じだし別に隠す必要もないので、ミタちゃんはみんなから訊かれるまま、仕事の手伝いをしているのは内緒にしつつ自分の事情を話した。中には両親のいないミタちゃんに同情してくれる子もいたが、たいがいはそのあと特に家の事情にふれることもなく、友だち付き合いをしてくれている。

「ううん、今日は自分で作ろうと思ったんだけど、なぜかお兄が作ってくれて」

珍しいこともあるもんだ。

ミタちゃんが朝起きたら、すでに用意されていたのだ。

(なにを作ってくれたんだろ)

しかし、ふたを開けるなり、ミタちゃんは唖然とした。お弁当箱の中には、ラップに包んだ茶色い物体……いや、おにぎりがふたつ入っていただけ。

「みそおにぎり……？　って、えっ、これだけ？」

漬物や野菜の添え物はいっさいない。

周りの子たちは、凝っててかわいいし、おいしそうなお弁当ばかりなのに……。

驚いたのは班の子たちも同じで、

「…………」

みんな見てはいけないものを見てしまったという顔をして、あわてて目をそらしている。

（お兄〜〜〜っ、手ェ抜いたなあ⁉）

しかし、他に食べるものもないので食べなくてはならない。お腹もすいているし……。

ぱくっ。

腹を立てながら、ひとくち食べたミタちゃんだったが——。

「あ……」

と、なつかしい気持ちになり、目をみはった。

それは、亡くなった父がときどき作ってくれた、みそおにぎりだった。

「みそを塗っただけって珍しいね」

「普通、焼かない？」

「うん、うちはトースターで焼いてる」

周りの子たちがこそこそ話しているが、ミタちゃんの目は潤んでいた。

「ううん、いいの。これがわが家の味なの」

春彦は父親のことなどたいして思い出しもしないような口ぶりだったが——。

（お兄、なんだかんだいっても、お父さんのことちゃんと想ってるじゃん）

寮に帰宅すると、春彦はいなかった。今日も五智のフォローに入っているという。

「じゃ、お返しに作っとこ」

夕飯にはまだ少し早いが、ミタちゃんはいくつかみそおにぎりを作り、春彦のために三つほどラップをかけて取っておくと、残りは自分の部屋に持って行った。

そのひとつを父の写真の前にお供えし、もうひとつを食べながら、

「……お父さんが作ったみそおにぎりが、いちばんおいしいかも」

「あれ、なんでこんなに涙が出るんだろ。あたし、お父さんが死んでから、ほとんど泣かなかったのになあ……」

「そういえば、お父さん、なぜか、みそは信州みそにこだわってたよね……」

と、ミタちゃんは思い出に浸りながら、つい、うとうとしてしまったのだが……。

(ん？　なんだかリビングが騒がしいな)

「おーい、こなっちゃん、いる？」

「その声は五智さん？」

あわてて出ていくと、春彦が真っ赤な顔で五智の肩に背負われていた。

「ちょっ、どしたの、お兄？」

「仕事のあと、ぼくの家にちょっと寄ってもらったんだけど、料理用の赤ワインをぶどうジュースと間違えて飲んじゃったんだ」

「え～～っ、なにやってんの、お兄、お酒飲めないのに～～～！」

春彦は「おー、小夏♪」と真っ赤な顔で手を振り、

「兄の豆腐は杏仁豆腐！」

「そばの上に海苔がノリノリに載っているね！」

「でも、海苔だけにノーリアクション！」

と、ダジャレを連発した。

「すごいよ、春くん！　ダジャレの極意をもう会得したなんて！」

五智は上機嫌で言ってから、

「お祝いに乾杯しよう！　あ、ジュースでね。こなっちゃん、なにかある？」

「オレンジジュースなら……」

「おー、いいね」


「おれん家のジュースはオレンジジュース！」


「お、春くん、いいねー」

「わーい、ほめられた〜〜〜！」

（いやいやベタすぎでしょ？　……こりゃ、しばらくはダジャレ大会だな、きっと）

ミタちゃんはげんなりしつつ、ジュースをコップに注いだ。

こうして夜は更けていく……。

人形の家

そよそよと、さわやかな風が吹いていた。

今は五月の下旬。日曜日だから、ミタちゃんの中学も春彦の大学もお休みだ。

春彦が、大きく伸びをしながらつぶやく。

「うーん、空気がおいしいなあ」

が、今のミタちゃんには、それを味わう余裕はなかった。


「ここ、どこ〜〜〜!?」

不安な叫び声が、誰もいない駅のホームに響き渡る。

「深井山って書いてあるけど……まさか小夏、駅名が読めないとか？」

「そんなわけないでしょ！　お兄こそ、少しは空気読みなって！」

春彦のツッコミに、ミタちゃんはキッと目を吊り上げた。

「あたしたちは前里原って駅で降りるはずだったんだよ!?　なのに、こんな山の中に来ちゃうなんて……！」

肩から提げた大きなバッグの中には、今日使う仕事道具が詰め込まれている。

お客さまの家をピカピカに掃除するための洗剤や漂白剤、スポンジ、ブラシ類。

仕事のときに身に着けるゴム手袋、作業用の室内履き。

そして、胸元に「SNJ」のロゴがプリントされた黒いエプロン。

これは〝ミタちゃん〟こと三種小夏、そして九歳年上の兄・春彦が、家事代行サービス会社「三種のジンギ」の新人スタッフであるしるしだ。

今日の派遣先は、電車で数時間ほどかかる場所。朝早く出発する必要があった。

ミタちゃんが苦労して春彦を叩き起こし、二度寝を阻止して、なんとかふたりは電車に乗ることができたのだ。

――だというのに兄妹は今、山の中にぽつんと佇む、小さな無人駅のホームにいる。

前を見ても、後ろを見ても、横を見ても山、山、山……。

ホームからつながる木造の駅舎はあちこちペンキが剥げていて、壁のポスターに書かれた電話番号は市外局番が省かれているのか、見たことがないほど数字が少ない。平成どころか昭和からそのままなのかもしれない。

ぽつんと設置されている改札機がICカード対応でなかったら、知らない間に昔にタイムスリップしたのでは？　と疑ってしまいそうだ。

「しょうがないだろ。小夏、よく寝てたし。起こすのがかわいそうだな、と思ってるうちに、僕もつい……」

「はあ!?　人のせいにしないでよ！」

いかにも妹思いの兄……といったふるまいを見せる春彦に、ミタちゃんはキッと目を吊り上げる。

「電車に乗るなり爆睡したのは、お兄のほう！　あたし、すっごく恥ずかしかったんだから！」

ミタちゃんがいくら肘でこづいても、春彦は口をぱかっと開けっぱなしで、反対に目はちっとも開けてくれなかった。それどころか、時折、

「んごー」

といういびきまでかくありさま。さすがに他の乗客の視線が気になってしまい、ミタちゃんは最初、ギューッと目を閉じて寝たふりをしていた。

そうして、そのうち本当に眠ってしまい……気づいたときには電車の終点。兄妹そろって運転士に揺り起こされ、急いでホームへ飛び降りたまではよかったのだが、駅名が違うことにハッとなったところで、電車は回送となり走り去っていった……というわけである。

「ああっ、約束の時間、一時間も過ぎちゃってる！　ど、どうしよう……！」

遅刻も遅刻、大遅刻もいいところ。あわてふためくミタちゃんだったが、後ろで、

「あ。次の電車、四時間後だって」

と、春彦がのんきな声で言った。

「四時間後〜〜〜っ⁉」

信じられない思いで駅舎の壁に貼られた時刻表を見て、ミタちゃんは肩を落とした。

「そ、そんな……ウソぉ……」

「うーん、ずいぶんと乗り過ごしちゃったなあ」

春彦が時刻表の隣にある路線図を眺める。

前里原駅まではかなりの本数が運行している路線らしい。が、その先、終点の深井山駅まで向かう列車はごくわずか。

よりにもよって、ふたりはその数時間に一本しか運行していない列車で寝過ごしてしまったようだ。

「と、とにかく、叔母……じゃなかった、社長に連絡しないと！　きっとお客さまからクレームが入ってて、今頃カンカンに怒ってるよ〜〜〜！」

社長で父方の叔母の美根子は、敏腕経営者だけあって仕事には厳しいタイプだ。

（怒られるだけならともかく、『もう仕事はクビよ！』なんて言われたら……！）

両親がいないうえに、頼りない兄とふたり、世間の荒波にさらされる未来を想像し、ミタちゃんはぶるぶるっと頭を振った。絶対に、それだけは避けなければ！

あわててスマホを取り出すものの、

「あ、あれれ？　電話がかからない……電波ないじゃん、ここ！」

「あー、ほんとだ」

「駅の電話を借りれば……って無人駅だから誰もいないし！」

「でも、四時間後には電車が来るから、最悪、それに乗っていけば……」

「四時間もなにもせずにいろって？　じょーだんじゃないよ！」

春彦はあてにならないので、ミタちゃんは必死に頭を働かせ、

「そうだ、固定電話！　電車が走ってるんだから、きっと誰か住んでるよ！　家があれば電話が借りられる……はず！」

ミタちゃんの力説と同時に、背後の山でカァー、とカラスがひと鳴きする。

「あるかなあ……家」

ボソッとつぶやいた春彦に、

「もうっ、やってみなきゃわかんないよ！　ほら、お兄も探す！」

ミタちゃんは春彦の背中を叩き、じっと目を凝らして周囲を見回した。

駅前には、片道一車線の細い道路が一本、山の斜面を蛇行するように延びているだけ。それ以外に見えるものといえば、やはり、周囲を取り囲む山々ばかりだったが……。

「……あっ！　お兄、あそこ！」

山の中腹にちらりと、黒い瓦屋根らしきものが見えた。

「あれ、きっと家だよね⁉　ってことは、誰か住んでるよね……？」

「どうだろ……？　とっくの昔に空き家だったりして」

「とにかく行ってみよっ！」

どうせ次の電車は四時間後、時間はたっぷりある。

あの家に人が住んでいて、電話を借りられればよし。奇跡的に通りすがりの人や車、公衆電話を見かけたら、それもまたよし。

「動かないことには、始まらないもんね！　ほら、行くよ、お兄！」

春彦の腕をがしっとつかんで歩き出すと、ミタちゃんはＩＣカードをピッと改札にかざし、駅の外に出たのだった。

山を登る坂道をふたりが歩きはじめてから、一時間は経っただろうか。

最初こそ舗装されていた道は、土がむき出しになった細い道へと変わっていった。気をつけないと、落ち葉で足を滑らせてしまいそうだ。

道の両脇には木々や雑草がうっそうと生い茂っている。重なり合う枝が直射日光をさえぎってくれるおかげで涼しいが、代わりに薄暗くてちょっぴり不気味だ。

「ぜえ、ぜえ……。なあ、小夏。僕、そろそろ足が限界なんだけど……」

「あ、あともうちょっとだから！　がんばって、お兄！」

と、励ますミタちゃんも、足は痛いし、内心は不安でいっぱいだった。

（もし、見間違いだったら……）

やっぱり引き返して電車を待つべきだろうか、とミタちゃんが真剣に考えはじめた頃。

木々の合間を抜け、急に視界が広がった。

「あ……」

そこには、瓦屋根のついた、大きく立派な木製の門がそびえていた。ぐるりと古めかしい板塀で囲まれた中には、同じく瓦屋根のお屋敷が建っている。

間違いない。駅から見えたあの家だ。

門も板塀も退色こそしているものの、朽ちた様子はなく、つるのような雑草もほとんど付いていない。少なくとも、外観は定期的に手入れされているようだ。

「よ、よかったぁ……。空き家ってことはなさそうだよ、お兄！」

ミタちゃんは笑顔で振り向いたが、春彦はすっかりへばって地面に座り込んでいた。

「そ、それは、よかった……よぉ……」

「ちょっと〜〜っ。あたしも同じ距離を歩いたんですけど!?」

どこまでも頼りにならない兄である。家の人に事情を話して助けを求めるのも、ミタちゃんがやるしかなさそうだ。

チャイムらしきものは見当たらないので、門を入り大きな声で呼びかけることにする。

「こんにちは、誰かいますかー！」

…………。

木々がざわめく音だけが響く。

山の中だというのに鳥の声すら聞こえない。

（えっ、まさか留守？　だとしたら、ここまで来た意味が〜〜っ！）

けれども、しばらくして——。

「はあい。どちらさま？」

ちょっとしわがれた声とともに、玄関の引き戸が半分ほど開いた。

出てきたのは灰色の着物を着て、長い白髪を結い上げたおばあさん。

「よかったあ……！　あの、突然失礼します！　あたしたち、家事代行サービス『三種のジンギ』の者で——」

ミタちゃんはぺこりと頭を下げ、おばあさんに自分たちの状況を伝える。

大ポカを告白するのは恥ずかしかったが、ここは思い切ってすがるしかない。

そんなミタちゃんの必死さが伝わったのか、説明を終えるまでおばあさんは口を挟まず、うんうんと聞いてくれた。

「なるほどねえ。それは大変だったでしょう。電話ね。貸してあげるわ」

「あ、ありがとうございます～！」

やさしそうな人で本当によかった！　神様仏様、親切なおばあさま。ミタちゃんはホッとして軽く泣きそうになる。

「それに、お兄さん、つらそうだわ。少し休んでいきなさい」

目を細めて言い、おばあさんは玄関の引き戸を全部開けた。

「地獄に仏とはまさにこのことです～～。み、水を……水をくださぁい」

ミタちゃんがなにかを言うよりも早く、春彦は大げさに肩で息をしながらおばあさんへとすがりつく。

「ちょ、お兄！」

ミタちゃんは目を吊り上げたが、おばあさんは、

「あらあら……」

とやさしい微笑みを浮かべて春彦の背中をさすってくれた。

（お兄……お願いだから、これ以上は恥ずかしい姿を見せないで〜〜〜！）


「失礼しま〜す……」

ミタちゃんは恐縮しつつ、春彦はよろけるように玄関に入る。

すると、中は予想以上に広かった。玄関ホールだけで四畳半くらいはありそうだ。

（す、すごい……！　ここだけで人が暮らせそう！）

「電話はここよ」

ミタちゃんが密かに感動していると、おばあさんが、玄関ホールと続く部屋の襖の前に置かれた電話台を示す。ちょこんと載っていたのは、ダイヤル式の黒電話だった。

「すみません。お借りします」

「ええ、どうぞ。私はお茶を持ってくるわね」

おばあさんはにっこり笑うと、襖を開き、奥へと消えていく。

ミタちゃんは靴を脱いで玄関ホールに上がり、襖の前の黒電話と向き合った。

（うわ～、すごいレトロ！　これ、どうやってかけるんだろ？？？）

こんな古い形の電話、見るのもさわるのも初めてだ。

横向きに置かれた受話器は、くるくる丸まったコードで電話機の本体とつながっている。

ぼてっとしたフォルムの本体には、０～９の番号が振られた大きな丸いダイヤルがある。

０と書かれた穴に人さし指を入れ、ジー、とダイヤルを回して……。

（こうやってひとつずつ、電話番号を回していけばいいんだよね？？？）

ネットで見た動画に、こういう黒電話で電話をかけるシーンがあった。それを思い出しながら、おそるおそる指を回していく。

果たして黒電話からスマホへかけられるのか、という疑問もあったが、意外なほどあっさりと電話はつながった。

『はい。三種のジンギ、三種です』

聞こえてきたのは美根子の声だ。

「よかった、つながった～～～！」

『その声、小夏ね⁉　あんたたち、仕事すっぽかしてどこにいるの！』

「うう〜、叔母……いえ、社長！　本当に本当にごめんなさいっ！」

受話器から聞こえる美根子の怒りの声に、ミタちゃんは思わず身体を縮こまらせた。今はとにかく事情を説明してあやまるしかない。

電車を乗り過ごし、お客さまの家には行けず、山奥の無人駅に着いてしまったこと。

スマホがつながらないので、そこから見えた家を訪ねて、電話を貸してもらっていること――……。

ミタちゃんがこれまでのいきさつを正直に伝えると、美根子はほんのちょっぴり怒りを引っ込めて、盛大にため息をついた。

『はあー……。わかったわ。こっちは今、あんたたちが行くはずだった派遣先にスタッフを車で送ってきたところ。ひとまず、仕事のことはもう心配しなくていいわよ』

そう言ってもらえると、少し気持ちが軽くなる。代わりに向かってくれたスタッフさんにも、今度ちゃんとあやまらなきゃ……とミタちゃんが思っていると、

『このまま車で迎えに行くわね。そのほうが早いでしょ？』

「本当に？　助かる〜〜〜！」

着いたのは深井山という駅で、山の中にぽつんと立派な門構えのおうちがあって……と現在地を教えると、美根子がこんなことを言い出した。

『じゃあ、私が着くまで春彦とふたりで、そのおばあさんの家を掃除するように。道具は持ってるでしょ？　まさか、電車の中に忘れたりは――……』

「してないよっ、そこまでドジじゃないから」

『なら、よかったわ。それにしても、そんな山の中に広いお屋敷があるなんてね。別荘かしら？　きっとその方はお金持ち！　じゃなかった、いろいろ不便な思いをしているに違いないわ』

「そ、そうかな？　そうかも……？」

『だからあんたたち、しっかり働いて、わが社のサービスを売り込むのよ！　それが今日の仕事。いいわね！』

と言われて、電話は切れた。最初は怒ったり心配したりしていたのに、最後はなんだか前のめりでテンションが高かった。

さすが、社長。どんなときでも売り込みの姿勢を忘れない。しっかりしているというか、ちゃっかりしているというか。

「よし、やるか〜〜〜！」

黒電話の受話器を置いて、ぐっと顔を上げる。

美根子を待つ間、しっかり売り込み……いや、ご奉仕せねば。

「ぷはぁ、生き返った〜！」

ふり返って春彦を見ると、玄関の上がり框に腰かけ、コップで麦茶をごくごくと飲んでいる。すっかり元気が戻った様子だ。

横には丸いお盆の上に麦茶の入ったコップがもうひとつあり、春彦のそばには、どこか満足そうに微笑むおばあさんが座っていた。

（ええっ？　おばあさん、いつの間にここに戻ってきたの⁉）

いくら電話に集中していたとはいえ、目の前の襖が開いたら気づくはずだ。

ミタちゃんは首をひねりながら、春彦のそばに戻る。

「小夏、電話終わったのか？　ほら、小夏の分もあるぞ」

「あなたも遠慮せずにお上がりなさい」

「はい、ありがとうございます」

ミタちゃんは不思議に思いながらも、おばあさんに差し出された麦茶を受け取った。

「ごく、ごく……ぷはーっ、生き返る〜〜〜」

「だろ？」

「——だろ？　じゃない！　お兄はなにもしてないでしょ！」

笑顔の春彦が妙に憎たらしくて、ミタちゃんはその背中をバシッと叩く。

「ほら、休憩は終わり！　仕事するよ、仕事！」

家の掃除を申し出ると、おばあさんはたいそう喜んでくれた。
「あらあら。ありがたいわねえ。それじゃあ、お願いしようかしら。この歳になると、な

かなか掃除も満足にできなくてねえ……」

「いやあ。こんなに古いと、汚れてるかどうかもわからないですよね～～」

「ちょっと、お兄！」

ミタちゃんは春彦の脇腹を肘でこづき、あわてて取り繕った。

「い、いえ、あのっ、兄が言いたかったのは、見えないところに汚れがたまっているんじゃないかということで～～」

「ええ、きっとそうね」

おばあさんは先ほどの失言を受け流し、にこにことうなずいてくれた。見ず知らずの人間を家に上げてくれたし、本当にいい人だ。

「お兄、失言禁止」

「えーっ、僕は見たままを言っただけなんだけど……」

「はい、それも失言。これでマイナス2ポイントね。帰ったら、アイス買って」

「ええ～～っ……」

こそこそと話すふたりを見て、おばあさんは微笑ましそうに目を細める。

「兄と妹で同じお仕事をしているなんて仲がいいのねえ。それじゃあ、家の中を案内するわね」

おばあさんに連れられて、ふたりは家の奥へと進んだ。

玄関ホールから延びる広縁は庭に面しており、ガラスのはまった木戸が、背の低い飾り棚で塞がれている。

そして、飾り棚には、市松人形がずらりと並んでいた。

日本人形と聞いてイメージする外見のおかっぱ頭に着物姿はもちろんのこと、フランス人形を思わせるドレス姿のもの、髪型もロングヘアーやショートカット、巻き髪のツインテール、みつあみおさげまで、バリエーションに富んでいる。

(おばあさん、人形が好きなのかな……)

最初はなにげなくそう思っていたミタちゃんだったが、おばあさんが広縁と部屋を仕切る障子を開けた瞬間、

「うわ……」

と、驚きの声を上げることになった。

広縁に面した和室には、箪笥や床の間はもちろん、鴨居にまで板を打ちつけて、びっしりと市松人形が飾られていたのだ。

フリルのワンピースにボンネットを被った洋装の市松人形もいれば、おかっぱ頭に付けた髪飾りと着物にそれぞれ蝶があしらわれている子もいる。

広縁の飾り棚とは比べ物にもならない量に、ミタちゃんはすっかり言葉を失ってしまう。

だが、さらに驚くべきことがあった。

広縁に面した和室の奥の襖を開けてもまた和室、横の襖を開けてもさらに和室……。

ひとつの大きな部屋が襖で四つに仕切られているという、その間取りだけでも初めて目にするものなのに、そのすべての部屋に、おびただしい数の市松人形が飾られていたのだ。

「ひ、ひええ……」

この異様な光景に、春彦は完全に腰が引けてしまっていた。

「お兄、変な声出さないの……って、す、すごいコレクションの数ですね。お人形がお好きなんですか？　あ！　お、推し活？？？」

情けない兄をフォローしつつ、ミタちゃんはおばあさんに笑顔を向けたが、おばあさんには「おしかつ？」と怪訝な顔をされてしまった。

「あ、えっと、お人形を集めるのが趣味なんですか、という意味です」

「ええ、気づいたら、大変な数になってしまったのよ。でも、みんなかわいいし、捨てるなんてできなくてねえ」

「あ、ははは、そうですよねえ、お人形とかぬいぐるみとか、かわいいと捨てるのが忍びないっていうか。気持ちわかります〰〰」

「あら、わかってくださる？　よかったわ、いい人たちで」

おばあさんは機嫌よく言った。

（もしかして、この人形たちを置いておくための別荘……だったりして？）

この家で日常的に暮らすのは、どう考えても不便な気がするが――。

「これでひととおり案内したかしら。あ、こっちは掃除しなくてもいいわ。だから、入らないでね」

玄関の正面の和室は、台所やおばあさんの私室につながっているということで、案内は終了した。

「では、広縁と、四つに仕切られた和室のお掃除をお手伝いさせてもらいますね。ほこりを取ったり、物を動かしたりする際に、お人形をさわっても大丈夫ですか？」

「ええ、もちろん。家がきれいになるのなら、この子たちも喜ぶわ」

「わかりました。では、始めさせていただきますっ」

「なにか必要なものがあったら、いつでも言ってちょうだいね」

おばあさんはそう言うと、中の間のほうへと去っていった。

「さて、と……。ほらお兄、いつまでビビッてるの！　さっさと支度して。おばあさんへのお礼にきっちりきれいにしないとね」

ここからは、お仕事に集中だ。

ミタちゃんは和室の隅に荷物を置くと、「SNJ」のロゴが入った黒いエプロンを身に着けた。春彦ももたもたとエプロンを装着する。

「お兄、がんばろー！　おー！」

「お～～～……」

宣伝を兼ねてのお手伝いとはいえ、プロである以上、手は抜けない。

まずは広縁の掃除から。板張りの床を移動しながら、ミタちゃんは吸着式のハンディモップを持ち、腰ほどの高さの飾り棚のほこりを払っていく。

春彦はドライシートをつけたフローリングワイパーを持ち、ミタちゃんのあとをついていく。モップで取りきれず、床に落ちたほこりやゴミを集める役割だ。

ガラス戸の向こうに見える庭は、雑草が伸び放題でジャングルみたいになっていた。

(門のところはきれいだったのに。おばあさんのひとり暮らしじゃ、あれが限界なのかも。せめて、家の中だけはピッカピカにしてあげなきゃ！)

「♪ぱったぱた〜〜、ぱったぱた〜〜……ん？」

ミタちゃんが鼻歌交じりに掃除していると、ふと飾り棚の上に置かれた市松人形の一体と目が合った気がした。

「えーと……小百合ちゃん、っていうんだ」

改めて見てみれば、人形の隣には、それぞれひとつずつ木の名札が置かれている。なにげなく名前を読み上げたあと、ミタちゃんは小百合という名前の人形をじっと見つめた。

他の人形よりも、ぱっちりとした目鼻立ち。ふっくらとした頬と小さな赤い唇が愛らしい。赤い着物を着て、頭の上でふたつに分けたみつあみに、共布で作られた赤いリボンをつけている。

「こういう人形ってホラー映画みたいだし、最初は怖かったけど、よく見るとかわいいかも。お兄もそう思わない？」

「ええ、どこが……？　人形って無表情だし、なんか目が怖いっていうか。なんとなく不気味じゃん？」

「見ればわかるって！　ほら、特にこの小百合って子！」

ミタちゃんはほこりを払ったばかりの小百合人形を丁寧に持ち上げ、春彦に見せる。

「うわっ、近づけないで〜〜！」

ヒッと悲鳴を上げ、春彦は目を背ける。

「かわいいのに……。ね、小百合ちゃん」

ミタちゃんが呼びかけると、その手の中で小百合人形が微笑み返してくれた気がした。

ただ、光の加減でそう見えただけかもしれないが。

飾り棚のほこりをひととおり払うと、ミタちゃんは広縁に出る障子をすべて開け放ち、和室を仕切る襖にも手をかけ、次々と開いていく。

すると、四つの部屋がつながり、ひとつのだだっ広い和室に早変わり。

「おお~。体育館みたいに広い！」

「小夏、よくはしゃげるなあ。僕たち、これからここを掃除するんだぞ……？」

「だって、こんな景色、めったに見られないじゃん。じゃ、まずは手前の部屋にある座卓をどかして、っと……お兄はそっち持って」

座卓を部屋の隅にどかしたら、部屋ごとの境に作られた欄間のほこりを落とす作業からだ。脚立は持っていなかったので、おばあさんに頼んで踏み台を貸してもらった。

木製の古い踏み台は、年季が入っているのか、上に乗ると少しガタガタする。

「これ、僕が乗ってる最中に壊れたりしないよな？」

春彦はおっかなびっくり、欄間に布でできた和はたきをかけていく。

高いところは掃除がしづらい分、汚れも頑固。静電気式のモップでなぞるよりも、和はたきで拭い落とすほうがきれいになるのだ。

一方のミタちゃんは上から落ちたほこりを、ほうきとちりとりで掃き集めていく。

「さっさっさ〜〜♪　畳の掃除のコツは、目に沿って、さっさっさ〜♪」

和室にも、床から飾り箪笥、鴨居の上……とたくさんの人形が飾られているが、広縁の掃除ですっかり見慣れてしまい、この頃にはそれほど気にならなくなっていた。

「はーい、ちょっと前を失礼しまーすっ。ところで、あなたのお名前は？」

と、ミタちゃんが人形に話しかけながら掃除をしていた、そのとき、

「ぎゃーっ！」

と春彦の悲鳴が聞こえた。

「ど、どうしたの？　なに、その体勢」

振り向くと、春彦は踏み台の上で背中を丸めて両腕で顔を覆い、思いっきり体をくねらせた珍妙な姿勢で固まっていた。

「やだ、でっかい蜘蛛の巣でもあった？」

「違うよっ。これこれ」

春彦が指さしたのは、欄間に刻まれた彫刻だった。

目を吊り上げ、大きく裂けた口から太く鋭い牙をのぞかせた、鬼の透かし彫りだ。

迫力がすごい。突然これと目が合ったら驚くのもうなずける。

「へえ……。龍とか動物なら見たことあるけど、鬼って珍しいね」

「交代！　交代して！」

春彦は急いで踏み台を下り、和はたきをミタちゃんに押しつけた。

「え〜〜〜！　ったく、しょうがないなあ。じゃあ、掃き掃除よろしく」

ミタちゃんは春彦がストップしたところから作業を再開し、それが終わると、踏み台を次の欄間に移動させ——ようとしたところで、春彦がふいにしゃがむのが見えた。

「畳の掃除のコツは、目に沿って、っと……。んん？」

「今度はなに？　掃除が進まないじゃん」

「いや、なにか落ちてるみたいなんだよ。丸くて小さいやつ……」

春彦は、端に寄せた襖と、その前に置かれた箪笥の隙間に片手を突っ込んでいる。

「虫の死骸とかじゃない？」

「やっ、やめろよ！　それよりは大きいし、どう見たって人工物だよ」

ミタちゃんの言葉にビクッ！　と肩を震わせた拍子に、春彦の指先がそれにふれた。

「うっ……！」

春彦は、そのままの姿勢で固まってしまう。

「お兄？　お兄ってば、どうしたの？」

呼びかけても、まったく反応がない。ミタちゃんはあわてて踏み台から下りると、春彦の背中をポンッと叩いた。

「わっ……！　あー、びっくりした」

「それはこっちの台詞なんだけど⁉」

急に我に返った春彦に、ミタちゃんは驚いて声を荒げた。

「だって、しょうがないだろ。〝見えた〟んだよ」

隙間から引っ張り出したそれを、春彦が見せる。五センチほどの大きさの、丸いなにかだ。朱色の地に白い百合が描かれている。

「なにこれ？」

「手鏡だよ、ほら」

春彦がくるりとそれを裏返すと、小さな円形の鏡面にミタちゃんの顔が映った。

「へー、かわいいね。結構古そうだし、おばあさんのかな」

「かもな。実際に、おばあさんのことも〝見えた〟し」

春彦がこくりとうなずく。

「この手鏡の記憶ってこと？」

「だと思う」

「おばあさん『も』ってことは、他にもなにか〝見えた〟ってこと？」

「うん。おまんじゅうが〝見えた〟」

「……はいぃ？」

「だから、おまんじゅう。食べかけのおまんじゅうが置いてあった。あの座卓の上かなあ」

と春彦はさっき移動させた座卓を見る。

「それでさ……。そのおまんじゅうを食べてたの、人形だった」

「えっ」

春彦に〝見えた〟ものは、ミタちゃんには理解できないことも多い。

だが、そのひとことには、背筋が寒くなった。人形がおまんじゅうを食べるわけない!

「ど、どういうこと? わかるように言ってよぉ」

「そう言われてもなあ。たぶん、この手鏡がどこかから落ちて、隙間に向かって転がっていく間に〝見た〟ものなんだと思うんだけど……」

春彦に〝見えた〟光景とは、なんとも不可思議なものだった。

座卓には食べかけのおまんじゅう。座っていたのは、みつあみに赤いリボンをつけた、赤い着物の市松人形だったという。

さらに〝見えた〟ものを思い出し、春彦は額を押さえる。

やがて、この家のおばあさんが来て、人形を抱き上げた。

その手に握られていたのは――。

「木の札……なにか書いてあった。あ、名前かなあ？　小百合……？」

「小百合って、さっき広縁に飾られていた人形の名前だよ」

「えっ、そうなの？　ふぇ――、なんか怖くなってきたな。あの人形、生きてるんじゃないの？」

「まさかあ。人形の前に食べかけのおまんじゅうが置いてあったからって、実際に食べたのが人形だとは限らないでしょ。たとえば、人形の口に、あんこがついてたりした？」

「えー……どうなんだろ。なかったような？　人形の顔、よく見えなかったし」

「じゃあ、おばあさんが人形とおままごと遊びをしてたんじゃない？」

「そんな和気あいあいとしてたかなぁ」

などと首をひねりながらも、ミタちゃんと春彦は掃除を終え――。

掃除用具を片付けていると、おばあさんが様子を見にやってきた。

「おや、まあ、きれいになってるわね。短い時間で、あらまあ」

ふいに現れたおばあさんに驚いて、

「ひっ」

と声を上げそうになった春彦の腕を、ミタちゃんが軽く引っ張る。

(お客さまにその態度は失礼でしょ〜〜っ)

しかし、おばあさんは気づかなかったようで、にこにこと続けた。

「ありがとうねえ。こんなに家の中がきれいになったのは久しぶりよ。ふたりとも若いのに立派なのねえ」

掃除した場所を見てくれたのだろう。部屋がきれいになったあと、こうやって感謝を伝えてもらったり、褒めてもらえたりするのはいつでも気分がいい。

「そんな。こちらこそ、困ったところを助けてもらったし。お役に立てたならよかったです！　あ、そうだ」

とミタちゃんは、持っていた手鏡を差し出す。

「掃除をしてたら、こんなの見つけたんですけど……」

「あら、なにかしら？」

が、おばあさんがそれを見た瞬間——。

「ギャアァーッ！」

おばあさんは悲鳴を上げて、というより絶叫して、後ろに飛びのいた。
表情はこわばり、引きつって、皺の刻まれた目元がピクピク痙攣している。ぎりりっと歯を噛み締め、口元もわなわな震えていた。
ずっと穏やかでやさしそうだったおばあさんのいきなりの豹変に、ミタちゃんも春彦もびっくりして固まってしまう。

「そ……その手鏡はいらないものだから、庭にでも埋めておいてちょうだい」

頭を抱え――というより、左右から手で頭を押さえつけるようにして、顔を背けたままでおばあさんが答える。

「えっ……で、でも」

「いいから、言うとおりにしておくれ！」

おばあさんは逃げるように、大きい和室から出て行ってしまった。

あまりの剣幕(けんまく)に、ミタちゃんと春彦(はるひこ)は顔(かお)を見合(みあ)わせて茫然(ぼうぜん)とするしかない。

(なに、今(いま)の反応(はんのう)……?)

これはおばあさんの手鏡(てかがみ)ではないのだろうか? 仕方(しかた)なく、ミタちゃんは手鏡(てかがみ)をエプロンのポケットにしまい込(こ)んだ。

すると、しばらくして、

「ご、ごめんなさいねえ。取(と)り乱(みだ)しちゃって」

と、襖(ふすま)の向(む)こうからおばあさんの声(こえ)がした。

言葉使(ことばづか)いこそやさしそうではあるが、どこか取(と)り繕(つくろ)っているようにも聞(き)こえる。

「そうだ、こっちにいらっしゃい。これだけ掃除(そうじ)したら疲(つか)れたでしょう? おやつを出(だ)してあげるからね」

襖(ふすま)が細(ほそ)く開(あ)き、おばあさんの手(て)が見(み)えた。おいでおいでをするように手(て)が動(うご)く。

ミタちゃんはその光景(こうけい)に、うすら寒(さむ)いものを感(かん)じたが——。

「え! ありがとうございます!」

隣(となり)の春彦(はるひこ)は、ミタちゃんとは正反対(せいはんたい)で大喜(おおよろこ)びだった。

「ちょ、ちょっと、お兄！」

ミタちゃんは小声で引きとめようとするが、

「だって、もうお腹ペコペコなんだよ。僕たち、昼ごはんもなにも食べてないじゃん」

「たしかに、そうだけど……」

実際、ミタちゃんもさっきからお腹がグーグー鳴っている。

「少しぐらいいいだろ？　いらないなら、おまえの分も食べちゃうぞ〜〜」

春彦は調子よく隣の部屋へ行ってしまった。

（お兄、さっきはドン引きしてたくせに……。けど、あたしもお腹すいたし……ちょっとくらいならいいかな？　食べてすぐ掃除に戻ればいいよね）

ミタちゃんのお腹が急かすようにグーと鳴ったとき、

「あ、麦茶ももらっていいですか？　さっきの、おいしかったです」

と、春彦ののんきな声がした。

「いいわよ、ちょっと待っててね。妹さんも、さ、いらっしゃい」

口調はやさしいが、おばあさんの声はまだしわがれている。

「あ、あの、その前に、お手洗いをお借りしてもいいですか？」

「ええ。広縁の突き当たりにあるわ」

「はい、ありがとうございます」

ミタちゃんはトイレに向かおうとする。そのとき背中越しに聞こえた春彦とおばあさんの会話が、気にかかった。

「おやつ、楽しみだなぁ〜〜」

「ふふふ……おまんじゅうだけど、お口に合うかしら」

（おまんじゅう……？）

おまんじゅう、という言葉とともに、ポケットに入れたままの手鏡のことを思い出した。

春彦に〝見えた〟この手鏡の記憶にもおまんじゅうが登場していたはず……。

それに、先ほど手鏡を見せたときのおばあさんの異様な態度が引っかかる。

と――広縁の突き当たりにあるトイレに入ったミタちゃんは、洗面台の鏡を見て「うわっ」と悲鳴を上げた。

「な、なにこれ……」

洗面台の鏡、その表面が全部、赤いペンキで塗りつぶされていたのだ。
偶然こびりついてしまった、という量ではない。
鏡がいっさい見えなくなるように、執拗に、べったりと塗りたくられている。
（きっと、鏡が怖いんだ……。あのおばあさん、やっぱり変だよ！）
嫌な予感がして、ミタちゃんはきびすを返した。

「……あれ？　おかしいな。お兄とおばあさん、ここに入っていったはずなのに」
ミタちゃんはそーっと襖を開け、隣の部屋をのぞいた。
しかし、ふたりの姿は見当たらない。いるのは物言わぬ人形たちだけだ。
「お兄〜〜〜、おばあさん、どこ――？」

次々と襖を開けて他の部屋も見て回るが、やはり、ふたりはどこにもいない。

庭にでも出たかと広縁から声をかけてみるが、反応はない。

「おかしいなあ……どこに行ったんだろ？」

一応、玄関にも回ってみたが、春彦の靴はミタちゃんの靴の隣にちゃんとあった。

「んー。お兄の靴あるし。やっぱり家の中にいるってことだよね？」

玄関でひとり、ミタちゃんが首をひねっていると……。

背後で、なにかが倒れるような物音がした。

見ると、玄関ホールの奥に、人形が落ちている。

「あれ。この子、小百合ちゃんだ。でも、どうしてこんなところに……？」

小百合人形が飾られているのは、広縁の飾り棚だったはず。

「まさか、ひとりでに……なーんて、そんなわけないか。きっと、あたしたちが見てないときにおばあさんが移動させたんだね」

ミタちゃんが小百合人形に駆け寄り、拾い上げた、そのとき。

ふと、目の前の壁に1センチほどの切れ目があることに気がついた。

「……どうして食べないんだい？　おまんじゅうは嫌い？」

壁に空いた、かすかな隙間から、おばあさんのガラガラ声が漏れ聞こえてくる。

「えーっと、ほら、妹が戻ってきてから、一緒に食べようと思って。お兄、あたしの分まで食べたでしょ！　って怒られるかもしれませんし！」

（おばあさんとお兄、この壁の向こうにいるの？）

ミタちゃんは隙間から、そっと中をのぞき込んだ。

見えるのは、春彦の背中。それと、さっきまでのやさしい面立ちが嘘のように豹変した、おばあさんの顔だった。

顔は赤黒く染まり、目は血走っている。おばあさんは、春彦がおまんじゅうを食べるのを今か今かと待っているように見えた。

「え、えーっと……。イタタタ、急にお腹が痛くなってきた！　ぼ、僕もトイレに行ってこようかな」

おやつに釣られた春彦も、さすがに異変を感じたらしい。なんとか言い訳をして、部屋から出ようとしているようだが――。

「ごちゃごちゃうるさいボウズだねえ！　さあ、とっととこのまんじゅうをお食べ！」

「嫌だぁぁ〜〜！　まんじゅう怖い――――！」

おばあさんが春彦を押さえつけ、無理矢理におまんじゅうを食べさせようとした。

（大変、お兄を助けなきゃ！　でも、いったいどこから部屋に入ればいいの⁉）

ミタちゃんはさっき、ふたりを捜して家の中を回ったのだ。その際に、この部屋に通じるような襖はなかったはず。

「お兄、大丈夫⁉」

ミタちゃんは叫びながら、ドンドンと壁を叩いた。

すると、ガタン！　と音を立てて壁が開いた。

それは、壁に見えるように作られた隠し扉だったのだ。

「お、お兄を離してっ！」

ミタちゃんは部屋に飛び込むと、ポケットから無我夢中で手鏡を取り出し、おばあさんへ向けた。

洗面所の鏡を塗りつぶすくらいに怖がっているのなら、きっと効果はあるはず！

「なっ！　それは……ウ、ウゥ……ウギャアーッ！」

ミタちゃんの乱入に驚いたおばあさんは、鏡をもろに見てしまったようだった。

耳をつんざくような激しい悲鳴を上げると、おまんじゅうも春彦も乱暴に手離して、両手で顔を押さえて苦しげに身もだえする。

「た、助かった～～～！」

その隙に、春彦は這うようにしてミタちゃんのほうへと逃げてきた。

「早く逃げよう、お兄！」

「う、うん」

ふたりが隠し部屋から玄関に向かって走り出すと、背後からドスドスと重苦しい足音が響いてくる。

細身で小柄なおばあさんから出るとは思えない足音に、ミタちゃんは思わず振り返った。

「待てぇ！　久しぶりに若い人間を捕まえたというのに！」

「ななな、なにあれーっ！　本当におばあさん⁉」

おばあさんは豹変していた。細かった身体は、腕も足も丸太みたいに太くなっている。

おまけに口の端がぐわぁっと裂け、太く鋭い歯がむき出しになっている。結った白髪ははらりとほどけ、ざわざわとうねるように逆立っていた。

なにより、額からは二本の鋭い角が生えており、その姿と形相は鬼のよう……そう、さっき見た、鬼の彫刻に瓜ふたつなのだ。まさに「鬼婆」そのものだった。

「待~~てぇ~~!」

「ひ————っ!」

「きゃあああああ~~~!?」

ミタちゃんも春彦も、ただただ悲鳴を上げて逃げるしかなかった。ふたりはなんとか靴だけつっかけて、屋敷の外へ飛び出す。

「え、ええっと、駅は……たしか、こっち!」

「こ、小夏、置いてかないで~~~」

「お兄、死にたくなかったら、全力で走って!」

運動の苦手な兄は自分より足が遅いということに初めて気づいたが、そんな春彦の手を引っ張り、必死に走る。

門をくぐり、木々や藪の間に延びる細い山道をひたすらに下っていく。

駅から来た道と同じかどうか自信はないが、今はとにかくあの家から……いや、鬼婆から遠ざからなければ！

「なあ、小夏！　本当に、この道で合ってる⁉」

「わかんない！　でも、とにかく逃げるしか……っぷ、葉っぱが口に入った〜〜〜！」

小さな枝や葉っぱがビシバシと全身にあたり、木の根につまずきそうになるが、立ち止まるわけにはいかない。


（（こんなところで死にたくない〜〜〜！））


ふたり同時に心の中で悲鳴を上げて走っていると、後ろからガサガサッと草木が揺れる音が近づいてきた。

（嘘〜〜っ！　おばあさん、追いかけてきてるし〜〜〜！）

ミタちゃんが振り向くと、おばあさんは乱暴に草木をかき分け、すごい勢いで迫ってきていた。筋肉のもり上がった腕が、今にもふたりに届きそうだ。

「待てえ、待ーてえええ！」

「ぎゃ〜〜っ、も、もうダメだああ！」

「お兄、あきらめないでよ〜〜っ！」

本当に底抜けに頼りにならない兄だ。こういうとき、

――大事な妹は僕が守る！

とか決めゼリフを吐いて、鬼婆に立ち向かっていったら、どんなにカッコイイだろう。

ミタちゃんは一瞬、夢見るが……。

ンなこと、あるわけないか、と現実に戻り、走り続ける。

(他になにかいい方法は……もう一回、鏡を見せるとか？　だけど、もし効かなかったらどうしよう……⁉)

理由はわからないが、鏡は鬼婆にとって天敵アイテムに違いないとは思う。

が、何回も効果があるものなのかどうか――。

頭の中でぐるぐる考えていた、次の瞬間。

「小夏！　前、まえっ！」

春彦の絶望したような声を聞き、ミタちゃんはあわてて視線を前に戻す。

細い道に倒れた大木が折り重なり塞がっていた。

折り重なった倒木の間から、アスファルトで舗装された道がかすかに見える。

つまり、この道は駅に続いているはずだ。

だが、倒木を乗り越えるにしても時間がかかる。鬼婆が迫る今、そんな暇はない。

「どうしよう、他に道を探すとか？　でもでもっ、どこも草ボーボーだよ〜〜〜！」

「うわーん、僕たちもうおしまいなんだーっ！」

立ち尽くすミタちゃんと春彦の背後から、不気味な声が響いた。

「ぎひひひ……残念だったねぇ」

振り返ったふたりの目に飛び込んできたのは、恐ろしい鬼婆の姿だった。とうとう追いつかれてしまったのだ。

「さあ、屋敷にお戻り。一緒におまんじゅうを食べようねえ。そうしたら……ぎひひひっ」

ニタニタと笑いながら鬼婆がふたりに迫る。

ミタちゃんは急いでエプロンのポケットから手鏡を取り出そうとした。が――。

「えっ？　て、手鏡がない！　やだっ、走ってるときに落としたの⁉」

どんなにポケットを探ってみても、あの小さな鏡の手触りはなかった。

「ヒッヒッヒ。よっぽど必死だったんだねえ。あの鏡なら道の途中に落ちていたよ。もちろん、きっちり踏みつぶして粉々にしてやったとも！」

「そ、そんなぁ……！」

「僕たち、もう終わりだーっ！」

「さあ、観念おし！」

鬼婆はニタリと笑うと、丸太のような腕を伸ばし、ふたりを捕まえようとした。

（ひーっ、もうダメ〜〜〜〜っ！）

ミタちゃんと春彦はすべてをあきらめ、強く目をつぶった。すると……。

「なっ……おまえたち、なにをするつもりだいっ！　そんな姿になってまで邪魔をするとは、なんて生意気なヤツらだ！」

聞こえてきたのは、驚いたような鬼婆の叫び声だった。

「えっ？」

ふたりが目を開けると……大量の市松人形が、鬼婆を取り囲んでいた。

百、二百……いや千体くらいはいるだろうか。人形が宙に浮き、鬼婆の周りをぐるぐると飛び回っている。中には洋装姿の市松人形など、見覚えのある人形もいた。さっき鬼婆の屋敷にいた人形たちに間違いない。

ミタちゃんがその光景を見つめていると、ふいに一体の人形が目の前に浮いた。

「えっ……あっ、小百合ちゃん!?　もしかして、あたしたちを助けに来てくれたの？」

小百合人形は「そうよ」と言うかのようにお辞儀をして、くるりと背を向けた。

すると、宙に浮いていた人形の一体が、鬼婆に体当たりをした。

バタッ！　バタバタバタバタッ！

他の人形たちも、鬼婆の身体に次々と張りついていく。

「ぎぃいいいっ、やめろ、やめろーーっ！」

鬼婆はうなり声を上げ、人形たちを振り払おうと必死に暴れ、もがく。

「ひ、ひえぇ……っ」

信じられない光景に、春彦が言葉にならない悲鳴を上げる。

小百合人形は鬼婆の顔に体当たりを仕掛け、その目を塞ぐように胴体を張りつかせた。

「小百合ちゃん……！」

「くそっ！　忌々しい小娘めが！　どこまで邪魔をすれば気が済むんだい！」

視界を奪われた鬼婆がやみくもに腕を振り回し、小百合人形の頭を吹き飛ばす。が、胴体はまだ、張りついたままだ。

「小百合ちゃん！」

ミタちゃんは、足元に転がってきた小百合人形の頭をとっさに拾い上げる。

その顔は微笑んでいるように見えた。

掃除の最中、ミタちゃんが声をかけたときのように。

(もしかして……さっきも、お兄の居場所を教えてくれようとしたの？)

「よ、よくわかんないけど、今のうちに行こう！」

春彦が先に倒木によじ登り、下にいるミタちゃんに手を差し出す。

倒木を越える前、ミタちゃんが後ろを振り返ったとき目にしたのは、暴れる鬼婆が人形たちをバラバラに壊している光景だった。ミタちゃんは心の中でお礼を言う。
（……みんな、助けてくれてありがとう！）
ミタちゃんは春彦に手を引っ張られて倒木を乗り越えた。
舗装された道を下れば、駅はもうすぐだ。
「お、おのれぇーーーーッ！」
ふたりの背後で、鬼婆の悔しげな絶叫が山に響き渡ったのだった。

「はぁ、はぁ……鬼婆は？　もう追いかけてきてない⁉」
「お兄！　いいから走って〜〜〜！」
舗装された道をひたすらに下って、下って……。

ようやく駅が見えはじめた頃、駅の前に見慣れた一台の車が停まっていた。

(会社の車だ!)

車のすぐそばには、立っている美根子の後ろ姿も見える。

「ああ、叔母、じゃなかった、社長〜〜〜っ!」

こんなときでも、「社長と呼ばなければ怒られる」という気持ちが働いて言い直しながら、ミタちゃんは美根子に駆け寄ろうとしたのだが……。

(と、おばあさん⁉)

キキーッと、足に急ブレーキをかけた。

美根子の近くにもうひとり、白髪のおばあさんが立っていたからだ。

「お、おおお鬼婆……じゃ、ない?」

春彦も悲鳴を上げかけたが、それをのみ込む。

そのおばあさんの髪は短く、服は花柄のブラウスとスラックス。モダンな洋装で、鬼婆とは似ても似つかない別人だった。

立ち話をしていたらしき美根子とおばあさんは、ミタちゃんたちの声と足音に振り返り、ただごとでない様子に目を丸くする。

「あんたたち、どうしたの？　葉っぱだらけじゃないの」

「はぁ、はぁ……な、なにから話せば……い、いいのかな……」

「ひぃ、はぁ……た、助かった……。ぼ、僕もう一歩も動けない……」

ふたりは息を切らして、同時にへたり込んだ。

「まったく、なにがあったらそんなになるのよ。ケガはしてないでしょうね！」

ホッとしたのも束の間、ミタちゃんたちは改めて美根子に叱られた。

「迎えに来たのはいいものの、あんたが話してた道も、屋敷らしきものも見つからないし、日はどんどん暮れていくし……私がどれだけ心配したと思ってるの!?」

「ごめんなさい、叔母さん！」

「でも、道ならすぐ後ろに……って、えええっ!?」

振り向いた春彦が絶叫した。

「み、道がない！　消えてる！」

「えっ、そんなわけ……うわっ、本当だ！」

ついさっき逃げてきたばかりの道は、ただの草むらに変わっていた。

「どうして⁉　そ、そんなわけ……」

「小夏がかけてきた番号にかけ直しても『現在使われておりません』って。全然つながらなかったのよ？」

愕然とする兄妹を見つめ、美根子はため息交じりに首を振った。

「それで私も困り果てて、たまたま通りがかったこちらの方にお話をうかがっていたわけ」

美根子の言葉に、洋装のおばあさんが上品に会釈をした。

「ええ。私、昔からこのあたりに住んでいるんです。けれど、そんなお屋敷は知らないわねぇ……」

おばあさんは不思議そうに首を傾げる。

（そ、それじゃ、さっきの出来事って、なんだったの〜〜⁉）

説明しようにもうまく伝えられそうにない。ただ、あの恐ろしい鬼婆の住む屋敷が存在していないというのなら……今度こそ安心してもよさそうだ。

「ううう、叔母さん！　怖かったよ〜〜！」

ついに緊張の糸が切れ、ミタちゃんは美根子に抱きつく。

「なにがなんだかわからないけど、ふたりとも無事で本当によかったわ」

と、その拍子に、ミタちゃんの手から、ぽろりとなにかが落ちた。

「あら？」

美根子と話していたおばあさんがそれを拾い上げ、「あっ」と息を呑んだ。

「お嬢さん。このお人形、どこで？」

「え？　あ、ええと、それは――」

あのとき、思わず手に取ってしまった小百合人形の頭だ。

「ああ、ごめんなさい。幼なじみの女の子の顔に、とてもよく似ているから」

ミタちゃんがなにも言えずにいると、おばあさんが静かに続ける。

「小百合ちゃん、っていう子でね。とってもやさしくて、かわいらしかったんですよ。だけど、ある日――……」

おばあさんの話では、その幼なじみの小百合ちゃんは突然、行方不明になってしまったのだという……。

(幼なじみの女の子……。この人形の名前も、小百合ちゃんだった。……ってことは、つまり、お兄もあたしも、人形にされるところだったんだー!)

小百合ちゃんは、あの鬼婆に「おやつをあげよう」とか言われて屋敷に誘い込まれて、人形になる呪いのおまんじゅうを食べさせられてしまったのだろう。春彦が見つけたあの手鏡も、人間だった頃の小百合ちゃんの持ち物だったのではないだろうか。

おそらく、あの屋敷にいた人形はすべて、元は人間だったのだろう。

ゾッとするのと、ふたりとも無事に戻れた安心感とで、ミタちゃんは半泣きになる。

「あらあら、迷子になったのがよほど恐ろしかったのね。もう大丈夫ですからね」

おばあさんは、ミタちゃんを安心させるようにやさしい笑顔を浮かべて、

「ところで……この人形のお顔、譲っていただくことはできる? きれいに直して、大事にしてあげたいの。……だめかしら?」

おばあさんは、手のひらに載せた小百合ちゃんの顔を、大切そうに見つめている。

「あの、ぜひそうしてください! そのほうがきっと、小百合ちゃんも喜ぶと思います。あっ、小百合ちゃんっていうのは、このお人形の名前なんですけど!」

「まあ、この子も小百合ちゃんっていうの？　なんて素敵な偶然かしら」

微笑むおばあさんに、手の中の小百合人形も、どこかうれしそうな顔をしている気がする。

（小百合ちゃん、助けてくれてありがとう。よかったね、お友だちに会えて。これからは、お友だちのそばでしあわせになってね）

ミタちゃんはうれしいような、せつないような、胸がきゅっと痛むのを感じながら、そう願うのだった。

アイドルの寮で見ちゃった!?

カラッとした空気が心地いい、ある日の放課後――。

ミタちゃんは鼻歌交じりに、教室の床をほうきで掃いていた。

「♪ハハハハッ、白菜ぃ～～。ピピピピッ、ピーマン。ブブブブッ、ブロッコリー。べべべベッ、米ナスぅ。ホホホホッ、ほうれん草♪　お野菜は君の味方～～！」

「ねえ、さっきから口ずさんでるその歌なーに？　動画とかで流行っているヤツ？」

同じく掃除当番のクラスメイトの鹿野日葵が話しかける。

日葵はロングストレートの髪がチャームポイント。いつも髪がつやつや。性格はおっとりしていて、お嬢様っぽい雰囲気をまとった女の子だ。

「あ」

（し、しまった。無意識に口ずさんでた〜〜〜）

ミタちゃんが叔母さんの会社を手伝っていることは内緒で、家事アイドルをしていることも秘密なので……。

「えーと、どうなんだろう？　そ、そう！　うちのお兄が歌ってたの！　あたし、動画とか全然見ないし！　……あっ、日葵ちゃんは動画とか見るの？」

ミタちゃんはあわてて話題を変えた。

「あー。私はね、稲葉翔くんのとか、よく見てるよ」

「稲葉翔くん？」

「えっ、ミタちゃん、知らないの？」

「あー……。ごめん、よくわかんない」

「ほら、歌番組とかバラエティー番組とかに結構出演してる〝笑顔のプリンス〟って呼ばれてるアイドルの男の子。俳優もやってるから、たまにドラマとかも出てるんだけど」

「えーと……」

ミタちゃんはぎこちなく笑顔を浮かべた。アイドルに興味がないのだ。自分の部屋でゴロゴロしているときは、会社の本棚にあるライフスタイル雑誌か、料理や掃除の裏技を紹介する動画ばかり見ているし。

「あ、そうだ！　稲葉くんの主演ドラマが秋から始まるの。『おもてなし王子』っていうんだけどね。稲葉くんが天才高校生料理人っていう設定のドラマなの」

「そうなんだ、料理出てくるならチェックしてみようかな」

アイドルにはまったく興味ないが、天才高校生料理人という設定には、ついそそられてしまうミタちゃんである。

（どんな料理が出てくるんだろ。天才料理人の役をやるくらいだから、その稲葉って男の子も料理が得意なんだろうな？）

土曜の午後。

ミタちゃんは兄の春彦と一緒に、都内の静かな住宅地にあるビルの前に立っていた。

何代にもわたって住み継がれているような純和風の家やヨーロッパ風のお屋敷が多い中、コンクリート打ちっぱなしのビルは武骨で異色な印象だ。

「へー、こういう場所にアイドルがいっぱい住んでるのかあ」

春彦が思わず出した声が、静かな住宅街に響いてしまった。ミタちゃんがあわてて肘鉄を食らわせる。

「痛っ」

「ちょっ、お兄。静かにして。ここに芸能人が住んでるの、内緒なんだから」

声をひそめて注意していると、ふたりの近くに一台のタクシーが停まった。

降りてきたのは、キラキラ笑顔の〝料理の柱〟五智奏だ。

「やあ、ふたりとも。今日からまたよろしくね!!」

「――って、五智さんも静かに！」

「ごめん、ごめん、こなっちゃん。静かに行くよ」

五智がなぜか腰を落とし、忍び足でビルのエントランスへと入っていくと、春彦も釣られてカニ歩きでついていく。

(あんたらは忍者かっ。かえって目立つじゃん!)

ここは十代半ばから二十代前半を中心としたアイドルやモデルが多く所属する「芸能事務所キラメキアクト」の寮だ。

入院でお休みする寮の職員の代わりをするという業務内容で、期間は今日から一週間の予定である。

インターフォンを押すとすぐに、総務部の山本という男が出てきた。

「三種のジンギの方ですね。本日はありがとうございます。あ! 五智さんのことはテレビでよく拝見しています。本物も華があるなあ。今からでもアイドルになりませんか?」

「いやあ、ぼくは料理しかできない不器用な男ですから〜〜」

と言いつつ、五智はまんざらでもなさそうだ。

「あ、そうだ。美根子社長から説明があったかと思いますが、このふたりは——」

「掃除担当の甥っ子さんと姪っ子さんですよね。将来、会社を継ぐための修業中だとか」

山本が春彦とミタちゃんを見たので、ふたりはぺこりと頭を下げた。

山本が三人に建物の中を案内する。

一階には談話室と呼ばれるフリースペースと食堂、最奥にランドリールーム。

二階にトレーニングルーム、会議室、防音室、ダンスレッスン場がある。

会議室に案内されると窓は黒い暗幕カーテンが引かれていて陽の光が入らないようになっていた。山本が天井の明かりをつけて説明を始める。

「この会議室の掃除は特に気をつけてください。あの棚にあるビスクドール、あれ、アンティークのレア物なんです。社長が縁起物だと言って海外から買って帰ってきたもので」

縁起物と聞いて春彦が食いつく。

「縁起物って、なんのご利益があるんですか？」

「芸能の神が宿っていると社長は信じているんです。実際あの人形が置かれてから事務所のタレントが爆売れするようになったんです。ここの掃除をする際は気をつけてください」

三人はこくっとうなずく。もし壊したりしたら、大変なことになるのは明らかだ。

山本は会議室を出ると、「ひとまず、一、二階はこんな感じです」と言って、軽く天井に目をやった。

「三、四階はユニットバス付きの部屋が全部で四十五部屋。満室です。社長のほうから依頼内容が行っているとは思いますが、食事をする時間に差はあれど夕飯は必ず寮で取るように指導しておりますので、全員分、お願いします」

(四十五人分って結構大変な量じゃ……)

話を聞いていたミタちゃんと春彦は内心ビビったが、五智は軽やかに、

「わかりました〜〜」

と笑顔で請け負っている。

(さすが五智さん！　プロだな〜〜！)

これは寮を案内しながら山本が話してくれたことだが、所属しているアイドルたちは、朝食や昼食はロケ弁などで済ますことが多いらしい。

夕飯だけは寮でという決まりは、栄養バランスを整えたいという社長の願いはもちろん、未成年のアイドルが他の先輩芸能人に、クラブや酒場などへ誘われて出入りするのを防ぐ

……という規制の役目もあるらしい。

（なるほど、芸能界はイメージが大事だもんね～～）

ミタちゃんがそう思ったとき、

「ふざけんな！」

「そっちこそ、突っかかってくんなよ」

すぐそばのトレーニングルームから言い争う声が飛んできた。

「ケンカ……？」

ミタちゃんたちが怪訝な顔をすると、山本は「またか……」とため息をついた。

次の瞬間――内側からドアを蹴る音がして、

ドカッ！

「きゃっ」

音に驚いたミタちゃんは思わずドア近くから飛びのいた。

「なにしてるんですか！」

山本が注意しながらドアを開けると、ひとりの男子がミタちゃんたちに目をやり……。

「……チッ」

(えっ。今、舌打ちした⁉)

「稲葉くん……どうしたんです？　また、流星くんとなにか」

山本は厳しい視線を稲葉と呼んだ子に向ける。彼は顔立ちが整ったイケメンだけに、怒りを含んだ表情に冷たさを感じる。

「……尊が勝手に絡んできてウザかったから」

「ウザいってなんだよ」

ケンカの相手――尊と呼ばれた男の子がそう言いながら山本のもとへ来た。

彼も目鼻立ちがはっきりとした美少年だ。

「山本さん、翔に注意してくださいよ。こいつ、俺がトレーニングルームを予約してたの知ってたくせに、延長して使ってたんです。注意したら無視してきて」

「無視なんかしてない。あやまっただろ」

「あれが、あやまってる態度かよ」

(うわあ……空気感、最悪なんだけど。これがマンガだったらふたりの間にバチバチッて火花散ってる的な……？）

「いい加減にしないか、ふたりとも。稲葉くんは部屋に戻って」

「……はい」

稲葉は不満げな顔で部屋へ戻っていき、流星もトレーニングルームへと消えていく。

（あれ、ちょっと待って。舌打ちしたあいつ、今のが稲葉翔じゃない!?）

先日、日葵にオススメされたのでドラマ『おもてなし王子』のサイトをのぞいたばかりだ。サイトでは笑顔だったのですぐには気がつかなかったが、彼に違いない。

（うわ……知らなくてもいい一面を見ちゃったよ……）

ケンカ騒動のあと改めて業務確認のやり取りが終わると、ミタちゃんたちは仕事に入っ

た。ミタちゃんと春彦は寮内の掃除、五智は夕飯の準備へとそれぞれ持ち場に散らばる。

「あ〜〜もう」

ミタちゃんはモヤモヤしながら、カーペット敷きの一階の廊下に掃除機をかけていた。

近くには春彦がいて、窓を拭いている。

(稲葉翔、めっちゃ感じ悪っ！　ったく、どこが〝笑顔のプリンス〟なの⁉)

「くっそ〜〜。このモヤモヤをカーペットの汚れにぶつけてやる！」

ミタちゃんは掃除機をいったん置き、布に薄めた洗剤をしみこませ、叩き拭きを始めた。

廊下に敷かれたカーペットの染みに、怒りを思いっきりぶつけることにしたのだ。

(汚れめ〜〜、落ちろ落ちろ落ちろ〜〜！)

念じながらトントンと叩き拭きしていると、だんだんと気持ちが上向いてきた。

(うんうん、きれいになると気持ちいいなあ〜〜)

気分が乗ってきたミタちゃんは、カーペットを叩く手のリズムに合わせて歌い出す。

「♪ハハハハッ、白菜ぃ〜〜。ピピピピッ、ピーマン。ブブブブッ、ブロッコリー。べべべッ、米ナスぅ。ホホホホッ、ほうれん草♪　お野菜は君の味方〜〜！」

「うるさ」

「！」

その声に驚いて振り向くと、後ろにランドリールームから出てきた稲葉がいて──。

「……変な歌」

とあきれたように言いながら去っていった。

（うわ、よりによってあいつに聞かれるなんて！）

ミタちゃんが思わず固まっていると、

「ごめんね～～。稲葉先輩に悪気はないんだよ」

と、明るい声が飛んできた。

ふわふわウェーブがかかった金髪に、ぱっちりとした瞳。にこっと笑うとエクボができる、かわいらしい顔立ちの男子が立っていた。服装は全身とても派手で、赤やピンク、イエローなどのビビッドカラーを着ている。

「えーと……」

「僕は橘唯斗だよ。あ、さすがに知ってるか」

「あー……。すみません。勉強不足で」

「マジ！　知らない？　ほら、カラフルポップで元気チャージ♪」

「……？」

「えー……マジ？　お菓子のＣＭとか、夕方の子ども番組のお兄さんとかもやってるんだけどなあ。僕の知名度はまだまだか……」

　橘はガクッと肩を落とし、大げさに泣く仕草をする。

「い、いえ！　あたしが知らないだけなので！　落ち込まないでください」

「じゃあ、今日、覚えてね！　僕は橘唯斗。十六歳！　一応アイドルやらせてもらってます♪　はい、これあげる」

　にこっと笑って、橘はふたりに自分のサイン入り写真を差し出した。

　いつも名刺代わりに持ち歩いているのだろう、出し方が手慣れている。

「ありがとうございます。わあ、すごいカラフルな衣装ですね」

「僕ね、明るい色の服とかアクセしか身に着けないの。黒なんか絶対着ない。テンション下がるでしょ～～～。あはは」

(え、笑顔がまぶしい。こ、これがアイドルのオーラかっ。キラキラしてる〜〜〜)

「ねえ、ところで君たちは今日から入った家事代行サービスの？　びっくりしたでしょ。稲葉先輩のこと」

「えー……と……」

どんなに印象が悪くてもクライアントの悪口など決して口にできないので、ミタちゃんはあいまいな笑顔を浮かべる。

「あの人さ、前はあんなんじゃなかったんだよ。〝笑顔のプリンス〟そのもので、いつも笑顔だったんだ……」

「えっ、そうなんですか？」

「流星尊先輩と少し前にいろいろあって、笑顔が消えちゃって……。僕もよく知らないんだけど、ある作品のオーディションが原因だって。役をとられたとかなんとか？　ふたりとも同期で仲良かったのに、どうしてああなったのか……」

(でも、それなら流星って人にだけ冷たくすればいいのに。なんで、周りの人たちにまでギスギスした態度を取るんだろ)

ミタちゃんがそんなことを思っていると、橘が続けた。

「僕が中学生でスカウトされてこの事務所に入ったときは、まだアイドルってものがよくわかってなくて。そんな僕に、いろいろやさしく教えてくれたのが稲葉先輩だったんだ。でも、最近、僕ともあんまり話をしてくれなくなっちゃって」

さみしげに橘が肩を落とすと、スマホの着信音がした。

「いけない。マネージャーからだ。じゃあ、僕はこれから仕事だから、これで」

あわただしく去っていく橘の後ろ姿を見送って、

(稲葉翔……昔はいつも笑顔だったって言ってたけど……？)

とミタちゃんが疑わしく思っていると、

「……今の子、嘘は言ってないよ」

と春彦が言った。その手には先ほどもらった橘の写真がある。

「ん？　お兄、なんか〝見えた〟の？」

「うん。この写真ができたときの記憶かな？　束で渡して見せて、それを手に取った稲葉翔が『いい写真だな』って褒めるのが見えた」

春彦は、物に宿った記憶が〝見えて〟しまうことがある。

(橘さんは写真ができたとき、真っ先に稲葉翔に見せたのかな。それって、よほど慕ってたってことだよね)

それに、数日経ったらいなくなってしまう家事代行サービスの人間に対して、丁寧に稲葉の人間性を語ってかばったほどだ。

(いや、でもなあ……)

初対面のときの舌打ち、そして先ほどの「変な歌」と言ったときの態度がミタちゃんの脳裏にリプレイされる。

(ムリムリ。あの人とは契約期間終了まで顔を合わせたくないなあ)

ひとまず拭き掃除を再開しようとしたとき、五智が小走りでやってきた。

「ごめんね、仕事中に。ちょっといい?」

「どうしたんですか?」

「実は、キラメキアクトの社長の須藤さんから追加の依頼があってね、次の仕事で稲葉くんが料理人の役をやるから料理の基本を教えてほしいって。とりあえず、明日の昼に特別に料理教室を開こうと思うんだけど、よかったら、ふたりも一緒にどう？」
「行きます！　行きます！」
ミタちゃんは思わず飛びついてしまった。
五智に直接指導してもらえるなんて、なかなかない機会だが。しかし一方で、
（うっ、あの稲葉翔と一緒かあ……）
と思うと、気が重くなるのだった。

翌日のお昼――。
寮のキッチンで五智の料理教室が始まった。
調理台の上には、ピカピカに磨かれた鍋やフライパンなどの調理器具、そしてキャベツ

やホウレンソウなど新鮮な野菜が並べられている。

生徒は、稲葉とミタちゃんのふたりだけ。ふたりともエプロンをきちんと装着し、手も爪の間もきれいに洗い、準備万全だ。

春彦は大学のゼミの集まりがあり、夕方から仕事に来ることになっている。五智によると、他の寮生たちにも声をかけたがみんな仕事かレッスンで忙しいらしい。

(――って話だけど、本当はみんな稲葉翔と一緒にやるのが嫌なんじゃないの???)

と疑ってしまうミタちゃんである。

「それじゃ、今日は稲葉くんが出演するドラマの実技指導ということで。稲葉くんの役は高校生だけど料理人で、有名フレンチレストランで腕をふるっているという設定だよね」

五智の言葉に、稲葉は「ああ」とうなずく。

「なるほど、それで包丁使いとか、料理の手際とかちゃんとしないとってことだね。ちなみに、今まで料理の経験は?」

「……いえ、まったく」

ぶっきらぼうに答える稲葉に対し、ミタちゃんはイラッとする。

（なんでこんなヤツにそんな設定の役が来たのかな？　料理男子なアイドル、探せばいっぱいいるんじゃないの？？？）

しかし、五智はあくまで天使のスマイルで、

「じゃあ、やっぱり基本からかな、包丁の握り方から始めようか」

だが、のっけから稲葉が難色を示す。

「え。そこから？　時間ないんで、ドラマの中でやる動作だけ指導してくれればいいよ」

「それがいちばんの近道かもしれないけど、適当なことをすると、たぶん視聴者に伝わってしまうと思うけどな」

「……このドラマのオファーが来たとき、料理は別の人がやって、その手元を映すから大丈夫って言われたんだ。なのに社長がプロデューサーに、実際に料理するのをウリにしたいってアピールしたからこんなことするはめになって……」

「社長のムチャぶりかもしれないけど、君ならできると思ったんじゃないのかな？　その期待に応えるのがプロだと思うけど？」

五智がそう言うと、

「……わかりました。やります。俺もプロなんで」

稲葉はしぶしぶながら答えた。

（さすがは五智さん！　稲葉翔、ぐうの音も出ないし！）

ミタちゃんは心の中でありったけの拍手をした。

「じゃあ、まずは包丁の基本からね。えっと……」

「今回はこの出刃包丁、出刃だけに出番がないね～～」

しーん……。

目をぱちくりさせている稲葉の横で、ミタちゃんは、

（この人、このダジャレさえなければなあ～～）

と思いながら、

「あはは、さすがは五智さん！　うまいこと言いますね！」

と笑ってフォローしたのだった。

「でしょ〜〜？　あ、稲葉くんの役はフレンチレストランの料理人の役だから、洋包丁「……三徳包丁や牛刀を使うと思う。食材の切り方は、引いて切るのと、押して切るのふたつがあるんだ。今回使う牛刀は押して切るだけでなく、引いて切るのも得意なタイプだよ」

「包丁って全部同じだと思ってた……」

稲葉が感心したようにつぶやく。

「どの世界もそうだと思うけど、道具はシーンに応じて最適なものを使い分けるのが大事だよね。テレビ局に行くとぼくも『へー』って思うこと、たくさんあるよ。たとえば照明とかマイクとか。いろんなタイプがあるよね。じゃあ、まずは立ち方から——」

まな板を置いた調理台から拳ひとつ分の空間をあける、足は肩幅に開く、右利きの場合は右足を少し後ろに引く……などなど。

包丁を握るときは、包丁のみねに人さし指を、柄には親指を添え、残りの三本の指でしっかりと柄を握るという基本的なところから教えた。

稲葉は五智の一言一言に深くうなずきながら聞いている。

（五智さんって本当に教えるのうまいなあ！）

ミタちゃんが驚いたのは五智の教え方だけではなかった。

稲葉の学習スピードが驚異的な速さだったのだ。

（さすが芸能人ってこと？　集中力がすごい……！）

にんじんや大根で基本の切り方を習ったあと、ふたりはコンニャクを包丁で薄く切る練習に入った。これは刺身や魚をさばくときに必要な、包丁を滑らせる加減の練習で、普段から料理をしているミタちゃんでも意外と難しい。

コンニャクはやわらかいので、力加減をコントロールできないと断面がガタガタになったり、思わぬ方向に刃先が滑ったりしてしまうのだ。

「よっと……あれ？　なんかうまくいかないなあ。ガタガタだし厚みもそろわない」

ミタちゃんがぶつぶつ言っていると、隣で「フッ」と馬鹿にしたような笑いが聞こえた。

「できそうな顔してたのに、そうでもないんだなぁ」

「はあ？」

（やっぱ、この人、性格悪ぅ〜〜〜）

「見ろよ、俺のコンニャク。こんなにきれいに……」

そう言って稲葉が自信満々に持ち上げたけれど、コンニャクは端っこが切れていなくて、びろ〰〰んとまるで万国旗のようにつながった。

「……ぷっ」

（切れてないのか〰〰い！）

「……笑うな」

「だって自信満々だったのに、切れてないから……ぷぷっ」

「はあ⁉」

稲葉がイラッとした声を上げたとき、パンパンと五智が手を叩いた。

「難しいからね、コンニャクは。次までの課題にしよう。じゃあ、今度は王道のキャベツの千切りをやってみようか。千切りは繊維……葉脈を断つように切るんだよ。食感がやわらかくなって、食べるときに甘みも感じやすくなるんだ」

「千切りか。キャベツなら楽勝な気がする。……まあ、おまえは無理だろうけど」

「フンッ、なめないでください。あたし、千切り得意なので」

「へー、無理すんなよ？」

「そちらこそ、手を切らないように気をつけてくださいね」

「ふたりともいいねえ、燃えてるねえ！　それじゃ、勝負してもらおうかな。もちろん、ちゃんと千切りのやり方をしっかり覚えてからだけどね」

「いいですね。俺は構いませんけど」

「あたしも構いませんけど！」

ふたりはニヤリとしながらバチバチと視線を交わす。

五智に千切りのやり方を教わってから、少しの自主練ののち勝負をすることになった。

「それじゃ、千切り一分勝負！　どちらが細く千切りできたかを競います。では……よーい、スタート！」

調理台に横並びになったふたりは、五智の合図と同時にテンポ良くキャベツを切りはじめた。キッチンには「タタタタタタッ！」と軽快な包丁のリズムが響いて……。

「3、2、1、終了」

五智の合図とともに、ふたりはピタッと手を止める。

「それじゃ、審査しまーす」

五智は「どれどれ」とそれぞれの千切りを確認していった。

「へえ、なかなかいい感じだね。うん、断面もきれいだな」

審査を五智が進めていく中、ミタちゃんはちらりと稲葉を横目で見た。

稲葉はうっすら額に汗をかいていて、真剣な目で結果を待っている。

（稲葉翔って意外と真面目なとこあるじゃん）

「それでは、結果発表〜〜〜♪」

「あたしのほうが細いですよね」

「いや、俺だ」

「今回の勝負は、引き分け！」

「えー！」

「なんで！」

「まず、稲葉くん。君のは細く切れているけど、切りやすくてやわらかい部分ばかり切っていて、キャベツの芯がこんなに残ってる。たとえ勝負だとしても、食材を無駄にするようなことしちゃダメだよ。次に、こなっちゃん。君は食材も無駄にしてないし、切るのも速い。だけど、よく見てごらん。細い部分と太い部分が混在してる」

「「うーん……」」

ふたりは同時に唸り、ガックリと肩を落とす。

「まあまあ、そんなに落ち込まないでよ。ふたりとも真剣に料理に向き合っていたことは確かだし。だから、そこは120点満点！」

五智は天使のスマイルを見せて、パチパチとふたりに拍手を送る。

「それじゃ、ふたりはそのまま練習してて。あ、そうだ。今日の夕飯はお好み焼きにしようかな。今までの分は……十五人分くらいかな？　じゃあ、残り三十人分のキャベツの千切り、頼むね～～」

五智は「ぼくは休憩するから」と言ってキッチンから出ていった。

「さ、三十人分……って、どんだけ？？？」

ミタちゃんが首を傾げていると、トントントン……とリズミカルな音がした。

稲葉がさっそく千切りを再開していたのだ。

（ヤバっ、出遅れた！）

ミタちゃんも位置につき、キャベツの千切りを開始。

キッチンにはしばらく、トントントントン……と軽やかな音が響いていたが。

「……痛っ」

と稲葉の小さな声を聞き、ミタちゃんは手を止めた。見ると、稲葉が左の人さし指を押さえていた。うっかり包丁で傷つけてしまったらしい。

「わわわ、まずは水で洗ってください！」

「大丈夫だって、こんなの、つばつけりゃ治る」

稲葉はそう言って、本当に血のにじむ指先をぺろっとなめたので、

「うわっ！　それ、どこの常識ですか？　いいから、手を貸してください」

ミタちゃんは稲葉の左腕をつかみ、シンクの前に彼を引っ張った。

蛇口をひねり、稲葉の左人さし指を水で洗う。

「いいですか。小さな傷でもなめちゃダメです。バイ菌入ったらヤバいですよ」

「……ばあちゃん」

「は？」

「なんか、うちのばあちゃんみたい。ガキの頃、俺がよく公園で遊んで擦り傷を作って帰ってきたとき、同じようなこと言いながら面倒見てくれてさ」

「……ぷっ」

「なんだよ？」

「いえ、もしかして、おばあちゃん子なのかな、と思って」

「わ、悪りィか」

そう言う稲葉の顔を見ると、耳まで真っ赤になっていた。

（へ～～。こういうところもあるんだ）

と、微笑ましく思ったとたん、ミタちゃんはハッと我に返った。

「ぎゃっ」

と変な声を出して、稲葉の左手首から手を放す。

そう、さっきからずっと握ったままだったのだ。

「なんだよ、びっくりするだろ」

「すみませんっ。あ、そうだ。ばんそうこうを探さなきゃ……あと、消毒液も」

「ったく、大げさだな。あれ、救急箱。あん中に入ってる」

稲葉があごで食堂の棚を示した。寮生の誰もが気軽に使えるようにという配慮だろう。

わかりやすく赤い色の救急箱が置いてあった。

ミタちゃんは救急箱から消毒液とばんそうこうを取ってきて、稲葉に、

「そこに座ってください」

とキッチンにある丸椅子を指す。

稲葉は椅子におとなしく座った。

手当てを終えると、ミタちゃんは「これでよし」とつぶやいた。

「……お節介なヤツだな、おまえ」

「あの、おまえって言うの、やめて——」

くれます？　と続けようとしたミタちゃんは急に言葉が出なくなった。

正確には、息が止まりそうになった、と言ったほうが正しい。

顔の距離三十センチのところで、稲葉がやわらかい笑顔で微笑んでいたからだ。

（すごい……きれいな笑顔すぎて——）

目が離せないでいると、稲葉は不思議そうに眉をひそめた。

「なんだよ？」

「い、いえ、別に」

（あー……ドキドキした。や、やっぱり芸能人ってすごいんだな。日葵ちゃんがカッコイイって、騒いでいた意味がわかるかも。この笑顔にみんなときめいちゃうんだろうな）

と数秒の間に考えたミタちゃんは、ぶるぶるっと首を振った。

（やばいやばい、笑顔にやられるところだった）

「と、とにかく！　残りの千切りはあたしがやりますから」

「あー、うん。ケガした指で野菜をさわれないしな」

「そうです、だから——」

ミタちゃんは「ん？」となった。

食堂の入り口に人がいた。すりガラスのドア越しに、誰かがのぞいていたような……？

「どうした？」

「いえ、あそこで誰かが、こっちを見てた気がして」

「……ふーん。俺がここにいるから、入ってくるのやめたんじゃねーの？　俺、みんなに嫌われてるしさ」

「…………」

「なんだよ？」

「あ、いえ、嫌われている自覚があったんだ、と思って」

「おまえ、結構ズケズケ言うタイプだよな」

「……な!?」

（ってか、あんたに言われたくないんだけど！）

一方、食堂から早足で遠ざかる人物がいた。

暗い表情で、自分の親指の爪を噛み、ブツブツとなにかつぶやいている。

「あいつ……」

脳裏に浮かぶのは稲葉の笑顔、そして、ミタちゃんと稲葉が楽しそうに会話している姿で――……。

「チッ」

憎々しげに、その人物は舌打ちをした。

数日後——。

ミタちゃんと春彦は学校が終わった夕方から、キラメキアクトの寮に入った。

五智のサポートで夕飯の準備をするのだ。

「ごめーん。こなっちゃん、お皿とか用意してもらえる？　そこのカウンターに、トレイとお箸、あとコップとか」

「了解です。いつものセットですね！」

「うん、お願い」

キッチンで忙しく準備をしている五智がミタちゃんに頼む。

ちなみに食堂は広さが十二畳ほどで、そこに大きなテーブルがふたつあり、椅子が八脚ずつ並んでいる。つまり、十六人が同時に食事ができるようになっており、そこそこ広い造りになっている。けれども、寮生は食事の時間がバラバラなので、ここが満席になったところをミタちゃんは見たことがない。

ミタちゃんはカウンターにトレイをセットしながら、

「お兄、お箸出してくれない？　あたし、お皿用意するから」

と隣のテーブルを拭いている春彦に指示を出したのだが、

「あ、うん」

春彦がテキトーにうなずきつつどこかを見ていたので、ミタちゃんは、むうっと顔をしかめた。

「ちょっと、よそ見してないで仕事してよ」

「わかってるよ。でも、ほら」

春彦は食堂の壁に取りつけられていたテレビを指さす。

そこには満面の笑みの橘唯斗が映っていた。

夕方の子ども番組でカラフルな衣装でダンスをしている。

「これ、子ども向けだけど意外とおもしろいんだよ。特に橘さんがいいキャラでさ〜〜〜。

知ってる人だと思うと、なんかうれしくなっちゃうよね」

「あのね、お兄」

「なに」

ミタちゃんは、じろっと春彦をにらみ、ドスのきいた声で最後の忠告をした。

「し・ご・と・し・ろ」

春彦はミタちゃんの背後にメラメラと燃える怒りの炎が見えた。

「あはっ、あはは。お箸、用意してきま〜〜す」

春彦はそそくさとキッチンに消えていく。

（まったくもう）

マイペースすぎるふがいない兄に思わずため息が出てしまったとき、

「よお」

食堂のドアが開いて、稲葉が入ってきた。

（どうしたんだろう？　夕飯の時間にはまだ少し早いけど……）

「この間は、特訓に付き合ってくれてありがとな」

「へ？」

（もしかして、わざわざお礼を？）

千切り勝負以来、稲葉とは顔を合わせる機会がなかった。稲葉はドラマのスケジュールがハードで深夜まで撮影が続いていたからだ。

「あ、いえ、こちらこそ、ありがとうございます……。千切り勝負楽しかったです。ドラマの撮影は順調ですか？」

「ああ。やっぱり基礎をやっておいたおかげだな。現場で出てくる食材もわりとうまくさばけてるよ」

「それはよかったです！」

「五智さんにもお礼言いたいから、忙しくないときにでもまた顔出すよ。それじゃ」

「はい」

お互いに微笑みあったとき、食堂のドアが開き流星尊が入ってきた。

「あっ。ごめん、そろそろいいかなって思って来ちゃったんだけど」

時計を見ると、夕飯の時間がスタートする五分前だった。

「えっと、少し早いですけど、もう準備はできてるので大丈夫だと思います。五智さんに確認取ってきますね」

ミタちゃんはぺこっと頭を下げてキッチンへ行こうとしたが、

「あのさ」

と、流星に引きとめられた。

「なんでしょうか」

「最近こいつと仲いいみたいだけどやめたほうがいいよ」

「え……？　仲良くないですよ。あたしが料理の先輩なだけです」

「はあ？　生意気だぞ」

稲葉がミタちゃんをにらむ。

「事実じゃないですか。ついこの間まで、包丁持ったこともなかったくせに」

「そ、それは……」

うっ、と言葉を詰まらせた稲葉に、ミタちゃんは得意げな顔をして、

「ふふんっ。包丁だけに、刃ッとしたでしょ〜〜〜！　切れ味抜群、なんちゃって〜〜〜」


「「……」」

稲葉と流星は唐突なダジャレに「?」と目が点になった。

そうして、少しの間、沈黙が流れたあと、稲葉が「ぶはっ」と噴き出した。

「く、くだらねー！　おまえも五智さんみてー。ははははっ。腹痛いわっ」

「なっ⁉　そこまで笑わなくても」

（い、いけない。つい……。五智さんの癖がうつっちゃった！）

無意識とはいえちょっと恥ずかしいミタちゃんである。

その一方で、爆笑する稲葉に流星はしみじみと視線を送っていた。

「……なんか、翔が笑ってんの、久しぶりに見たかも」

「え……。ああ確かに……ここ最近、こんなに笑ったことなかったかも」

ふたりは同時にフッと目を細めた。

（あれ？　なんかふたりともギスギスした感じがなくなってる？　もしかして、さっきのがきっかけで？）

「やっぱり、翔とはこうして普通にしていたいな……。ごめんな、『おもてなし王子』の主役の件。おまえじゃ力不足、って周りに吹いたこと……大人げなかった。今は、あの役はおまえが適任だって思ってるから……」

「いや、俺が悪かった。スポンサーの意向とはいえ、主役を奪ったのは事実だし……。だから尊よりすごい演技をしようと思ったんだけど、尊みたいに器用にできなくて、焦りでイライラして周りに八つ当たりして……。めちゃくちゃ嫌なヤツになってた」

（そうか、そういうことだったのか）

稲葉から笑顔が消えていた原因がわかって、ミタちゃんはホッとする。

（ひとまず、めでたしめでたしってことなのかな？　それなら……）

「あのー……」

「なんだ？」

「よかったら、このままふたりとも夕飯食べませんか。あ、ちなみに今日の夕飯はレバニラ炒めです。レバーだけにいっぱい食べレバ～～～！　なんてね」

「……ぷっ」

「おい、もう寒いこと言うな」

「あ、あははは。とにかく、ごはん食べてください」

ミタちゃんが笑顔で勧めると、稲葉と流星はうなずいた。

（よかった、これでもう大丈夫だよね！）

そんな三人の様子を隠れて見ている人物がいたのだが……誰もその視線に気づくことはなかった――。

寮でのお仕事の最終日——。

「♪ハハハハッ、白菜ぃ〜〜〜。ピピピピッ、ピーマン♪」

ミタちゃんは楽しそうに口ずさみながら寮のランドリールームを掃除していた。

今やっているのは乾燥機のフィルター掃除。フィルターを定期的に掃除しないと、乾燥時間が長くなったり、故障の原因になったりするので、念入りにやっておきたいのだ。

五智は夕飯の担当だけなので二時間後に来る予定だ。なので今、寮で作業しているのはミタちゃんと春彦のみである。

「ブブブブッ、ブロッコリー。ベベベベッ、米ナスぅ。ホホホホッ、ほうれん草♪」

どんどんきれいになっていくフィルターの掃除は気持ちいい。ミタちゃんは、疲れも忘

れて楽しく歌いながら作業を続けていると、

「小夏、どう終わりそう？　なんか手伝うことある？」

ダンスレッスン場の掃除を終えた春彦がランドリールームに顔を出した。

「ううん、大丈夫。こっちももう少しで終わるよ」

「オッケー、じゃあ次は……あれ？　ここに鍵が落ちてる」

言いながら春彦が鍵を拾って——。

「……あっ。え？　なにこれ……」

「どうしたの？　なにか〝見えた〟？」

「あ、えーっと……」

「ちょっと、その鍵見せて」

ミタちゃんは春彦の手から鍵をもぎ取り、まじまじと見る。

「あれ？　これって会議室の鍵じゃん。あたし昨日、会議室の掃除し終わってから、鍵閉めて保管庫に置いたんだけど……なんでここに？　誰かが使ったあと、ここで落としたってこと？　まあ、いいや。ひとまず保管庫に返しに……あっ！　今、何時？」

「な、なに？　十三時十分だけど」

「ヤバ……今日会議の予定が十三時に入ってたはず。鍵がないと入れないじゃん！」

ミタちゃんが春彦と一緒に二階へ急ぐと、会議室のドア前に総務部の山本と十人ほどの寮生がいた。みんな鍵がなくて困っていたようだ。

「みなさん、すみません。鍵ここです！」

ミタちゃんは急いで山本に鍵を手渡す。

「よかった。保管庫にないから心配してたんですよ」

山本が会議室に入ると、寮生たちも山本に続く。ドア横のスイッチに手を伸ばし会議室の明かりをつけると――。


「あれ……ビスクドールがない！」


「「えええっ！」」

その場にいるみんながどよめいた。

ミタちゃんも棚に近づき確かめる。

(ビスクドールがなくなってる……あれ？　窓の暗幕カーテンもない？)

もともとこの会議室には、外からの光を遮断する暗幕カーテンが備えつけられていて、いつも真っ暗だ。それなのに、今はいちばん奥のカーテンだけがなく、外の光が室内に入ってきている。

「まさか、泥棒？」

「ど、泥棒！　こ、怖いよ」

橘が怯えた目で山本を見ると、

「いつのまに……」

山本が不審そうな目をミタちゃんに向けて、こう言った。

「昨日ここに入ったのはお掃除担当のあなただけですよね？　鍵をずっと持っていたのもあなただ」

「あ、あたしじゃないですよ。昨日はちゃんとありました！　鍵だってちゃんと返しました！　今、持ってたのはランドリールームに落ちてたからです。拾ったのは兄で——」

（な、なんであたしが疑われてるの⁉　どうしよう、このままだとあたし……）

ミタちゃんは春彦に助けを求めるが……なぜか姿がない！

（ちょっと！　なんでお兄、いないのよ！　もう、どうしてこう大事なときにいなくなっちゃうわけ⁉）

情けないやら悲しいやら、ミタちゃんはガックリ肩を落としてしまう。

「こんなことをしたくはないのですが……。お仕事バッグの中を見せてください」

ミタちゃんに山本が怖い顔でずいっと迫った、そのとき——。


「ぎゃあああああああああ！」


という悲鳴が寮内に響いた。

「なんだ？」

「誰だ、今の声は⁉」

また事件？？？

会議室にいた全員が、悲鳴が聞こえた上の階へと急ぎ、みんなで階段と廊下をチェックしながら悲鳴の主を捜す。

ようやく四階で見つけた悲鳴の主は——なんと春彦だった。

405号室のドアノブをガチャガチャと引っ張っている。

「お、お兄！　なにやってんの!?」

「Gがここからたくさん出てきたんだ。一匹いると近くに十匹はいるんだよ。今すぐ駆除しなきゃ！」

（え？　お兄、Gを見るのも無理なのに駆除する……って？）

Gとは——人類最大の敵ゴ●ブリのことだ。

ドアノブを引っ張りながら叫ぶ春彦に、ミタちゃんは強烈な違和感を覚えた。

（そうだよ。Gがほんとにいるなら、お兄がこの部屋に入ろうとするわけない。となると、この部屋になにかあるんだ！）

「ああ、もう早く駆除しなきゃっ……うっ、ぎゃあ」

春彦はドアノブを引っ張ると手が滑って、後ろに倒れ込んでしまった。腰を強打したよ

405
SNJ

うでうずくまる。

「あ、痛って〜〜」

「お兄、大丈夫？」

ミタちゃんは春彦の横にしゃがみ込み、耳元でささやいた。

「ここになにかあるの？」

春彦は小さくうなずく。

「うん……。落ちてた鍵をさわったときに〝見えた〟んだ。会議室の鍵を持った誰かがこの部屋に入った……。鍵をランドリールームに落とす瞬間も見えた」

「わかった。ありがとう、お兄」

力強くうなずくミタちゃんに安心したのか、春彦はへなへなっと力が抜けていく。体力を激しく消耗したようだ。

「兄が言うには、大量のGがこの部屋に入ったそうです！」

周りにいた寮生たちが叫ぶ。

「うそだろ、キモっ」

「え！　頼むよ、退治してくれ!!」

（お兄がんばって、あたしのために探してくれた手がかりを無駄にはしない！）

　ミタちゃんは立ち上がると山本にたずねた。

「このお部屋はどなたのでしょうか？」

「橘くんの部屋です」

　橘はあわてた様子で部屋に走り寄り、ドアの前に立ちはだかった。

「う、嘘だ！　僕の部屋、ちゃんときれいにしてるのに！　他の部屋だよ、きっと」

「兄はこの部屋のドアの隙間からGが入るのを見たんです！　きれいかどうかは関係ありません。Gは外から大量に入ってきちゃうんです。害虫は外の気温が変化すると、住みやすい環境に移動する性質がありまして。部屋の中、すごく過ごしやすい温度でしょ、今日は気温が低いからドアの隙間からゾロゾロと……」

（九里院さんに害虫の知識教わっておいてよかった〜〜〜！　少し大げさに言ったけど、これくらい言わないと開けてくれそうにないもんね）

「山本さん、今すぐ害虫駆除をさせていただけませんか」

「いや、しかし……うーん」

山本は渋い表情をした。

（ああ、もう……っ！　ええいっ！　もうここは強行手段しかないかも）

「きゃ、きゃあああぁぁ!!」

ミタちゃんは悲鳴を上げると、ドア横を指さした。

「い、今ここに」

「え、えええ！」

「俺の部屋にも入ってくるかも！」

「マジで早く退治してくれよ〜〜」

寮生たちがたちまち騒ぎ出し、さすがに山本も折れたようだった。

「わかりました。早く駆除をしてください。橘くん、鍵を」

「えっ！　知らない人たちを部屋に入れるのはヤダよ！」

「そんなこと言ってる場合じゃないだろ」

「そうだよ。他の部屋にGが入ってきたら、責任とれるのかよ」

「そ、それは……」

寮生たちが急かす声に、橘はしぶしぶポケットから鍵を取り出し、ドアを開けた。

「……どうぞ」

「ありがとうございます！」

ミタちゃんは部屋に突入した。

（人形、人形はどこ！）

部屋の間取りは、ユニットバスつきの八畳のワンルーム。

入ってすぐに右手にバスルームの扉があり、短めの廊下の先に部屋があるという造りだ。

奥には出窓があり、出窓の下にベッド、両サイドの壁には芸能人らしく大量の洋服がかかっているラックが置いてある。

部屋の真ん中には毛足の長いラグが敷いてあり、その上に小さな丸テーブルがあった。

部屋全体は片付いていてパッと見た感じ、人形を隠しているようには見えず……。

（まさか、お兄の勘違い？　え～～～、うそでしょ）

最悪のパターンに青ざめていると、

「ちょっと、あんまりじろじろ見ないで！」

ドアから橘が顔を出し、悲鳴に近い声を出す。

「ご、ごめんなさい。今、Gを探してるのでもう少しだけ……」

「本当は嫌なんだからね！　早くして」

「三種さん、早くしてください」

（ああもう、わかってるって……でも……なんか気になる）

ミタちゃんは部屋の中を見渡した。ラグは明るいオレンジ、丸テーブルはミントグリーン、大量の洋服もすべてあざやかな色ばかりだ。

うーん、とミタちゃんは眉間に皺を寄せた。

自分の頭の中から引っ張り出さなきゃいけない重要なこと。

それがわかれば、このナゾが解けるはず……。

「………」

「ちょっと、もういい加減にして。Gなんてもういないよ、出てってよ」

しびれを切らしたのか、橘が部屋に飛び込みミタちゃんの腕を引っ張る。そのとたん、

(あっ！　わかった。橘さんと初めて会ったとき、たしか、こう言ってた！)

『僕ね、明るい色の服とかアクセしか身に着けないの。黒なんか絶対着ない』


ミタちゃんは部屋の中をもう一度見渡すと、ある場所に視線が行く。

「ちょっと、三種さん！　いい加減にしてくださいね」

山本が入ってきて、ミタちゃんを止めようとしたとき、

「あれれ〜〜？　おかしいなあ〜〜？」

ミタちゃんは外にいるみんなにも聞こえるような大声を出した。

「山本さん、橘さんってセルフプロデュースでカラフルな服ばかり着てるんでしたよね？」

「ええ、そうですけど。それがなにか？」

「今、それ関係ある？　僕が〝カラフルな服しか着ない〟のはみんな知ってるよ」

「そうですよね。でも、気分転換でたまに〝黒〟とか着るときもありますよね？」

「ないない。絶対ない。だって〝一着も持ってない〟もん。てか、この話、関係ある？」

ミタちゃんは、ふうっと息を吐くと山本を見た。

「だったら、おかしいなあ〜〜。あの大きな黒いの、なんですか？　コート？」

「あ、それは……」

橘の表情がこわばる。

「あれは……そう、この間……そうそう、コート買ったんだ。あ、忘れてた」

「覚えてますか、山本さん？　会議室から黒いカーテンもなくなってましたよね？」

「あ、そういえば」

「あの黒いの、会議室のカーテンじゃないですか？」

「あ……本当だ。これは暗幕だな。どうしてここに」

「だ、だめ！　勝手にさわるな！」

橘の制止むなしく、山本は暗幕に手をかける。

その中に入っていたのは、あのビスクドールだった！

山本は信じられないといった表情で橘の顔を見た。

「これはどういうことだ」

「そ、それは……」

橘の顔はどんどん青くなっていく。

そんな橘の正面にミタちゃんは立ち、しっかりと目を見てこう言った。

「あなたは会議室の鍵を持ち出して、人形を盗んでここに隠した。そして鍵をあたしに拾わせて犯人に仕立てようとしたんですね。橘さん、どうしてこんなことを……？」

「橘、ちゃんと説明しなさい」

「………………」

橘は黙っている。山本は小さくため息をつくと、ミタちゃんに向かって頭を下げた。

「本当に申し訳ございませんでした。あの……申し上げにくいのですが……どうかこの件はご内密にお願いしたく……」

「あ、いえ……。誤解が解ければ、それでいいんです」

「ありがとうございます。……橘、しっかりお詫びをしなさい」

「……は、はい。三種さん、本当に申し訳ありませんでした」

橘は頭を下げた。

(ひとまず、これで疑いが晴れたってことだよね！　ああ、よかった)

ホッと一安心のミタちゃんである。

しかし、なぜ橘がこんなことをしたのかという疑問は残っている。

「……どういうことだ？」

「人形を盗んだの、橘ってこと？」

と廊下にいる寮生たちがざわつく。

山本は集まっていた寮生たちに目くばせすると、

「みんな悪いが部屋に戻ってくれ。処分についてあとはこちらで話をするから」

と、解散を促した。

寮生たちは腑に落ちない顔をしながらも、それぞれおとなしく自分の部屋へ散っていく。

残されたのは事件の関係者のみとなった。

「さてと……橘、どうしてこんなことをしたのか話しなさい」

山本に厳しい目を向けられた橘は、ちらりとミタちゃんを見て、こう言った。

「僕……許せなかったんです。その子が、どんどん稲葉さんと仲良くなるから」

「え、あたし⁉」

「稲葉さん、ここんとこ雰囲気変わって前みたいに明るくなくなった。いつも周りにイラついてるような感じ……。でも、そんな稲葉さんでも、僕だけにはやさしかった。きっと、僕が稲葉さんにあこがれて、この事務所に入ったって知ってたから気にしてくれてたんだと思う。だから、僕は稲葉さんの特別なんだって、そう思ってた。なのに、稲葉さん、その子にはやさしく笑って話してて……一緒に楽しそうに食堂で特訓とかしてて。そのうえケンカしてた流星さんとも仲直りさせちゃうし」

「あっ……」

ミタちゃんは思い出した。

(あのとき感じた視線は橘さんだったんだ！)

「だとして、それがどうして窃盗につながるんだ」

「困らせてやろうと思ったんだ、その子を。人形を盗んだ犯人にして二度とここに来れないようにしようと思った……稲葉さんにも嫌われればいいって……。僕はただ、大好きな人の特別でいたかったんだ！」

（そういうことだったんだ……）

ミタちゃんは「ふうーっ」と深い息をつき、橘の目を見つめながらこう言った。

「橘さん。あたしは稲葉さんの特別な人にならないし、なれません。ここでみなさんを見ててわかったことがあります。同じ夢を持つライバルで親友みたいな存在が近くにいることが特別なんだって……。だから、あたしのことなんて気にしないでいいんです！」

ミタちゃんがそう言い終えたとき、

「バッカだな、唯斗！」

突然、稲葉の声がした。いつのまにか仕事から戻ってきて話を聞いていたようだ。

「い、稲葉先輩、僕は……」

「いいから。もういいんだ」

稲葉は山本の前へと歩み寄った。

「山本さん、今回のことは俺が悪いんです。ちゃんと橘のこと見てなかったから。こいつは本当にがんばり屋で、何事にもまっすぐで、俺なんかになついてくれて……。挽回のチャンスをあげてくれませんか」

お願いします、と稲葉は頭を下げる。

「先輩……僕のために……すみません」

目に涙をためて橘が稲葉に言ってから、一緒に山本に向かって頭を下げる。

山本は神妙な顔でどうしたものかと悩んでいたが、やがて、

「……わかりました。今回は穏便に済ませます。ただし、ある程度の処分は覚悟してください ね、橘くん」

「「ありがとうございます！」」

ふたりは声をそろえて深々と礼をする。

「ふたりともよかったね」

ミタちゃんは小さな声でつぶやいた。

それから数日後――。

ミタちゃんは日葵に誘われて渋谷に買い物に来ていた。

洋服やアクセサリーなどを見て歩き回っていると、

「あ！　見て見て！　きゃ〜〜〜、カッコイイ♪」

日葵がうれしそうに指さした。

渋谷駅前の交差点にあるビルの大型ビジョン。稲葉翔の新曲『イノセント★スマイル』のミュージックビデオが流れていた。ミタちゃんも目がくぎ付けになる。

「あ、あれ、稲葉さ……」

稲葉さんだ、と言いかけてあわててミタちゃんは言い直す。

「稲葉翔だよね、カッコイイね！」

「でしょでしょ〜〜〜！　ミタちゃんにもようやく、稲葉くんの魅力がわかってきた？　あ〜もう、一目でいいから会ってみたいなあ。ママが厳しくてライブとかに行かせてくれないからムリだろうけど……」

「あ、そうなんだ……」

（日葵ちゃん、ごめん！　あたし、思いっきり会っちゃった……）

なんともいえない気持ちでいると……。

ブーブーブーッ。ブーブーブーッ。

ミタちゃんのスマホに一通のメールが届いた。

（……あっ！）

送り主の名前を見ると、とっさに日葵に背中を向けてメールの本文を確認する。

『ドラマの撮影は順調。

千切りもたぶんおまえよりうまい。

五智さんにも改めてお礼を伝えといて！

今度、ドラマ第1話の特別上映会があるから、そのときはまた声をかけるな』

（稲葉さん……このタイミングで送ってくるかー……）

実はミタちゃん、稲葉とメアドを交換していたのだ。

今回の泥棒事件で迷惑をかけたので、いつかちゃんとお詫びをしたいと稲葉から言われたからである。他にも気軽に連絡してほしいと言われている。

昨日なんて、稲葉の主演ドラマ『おもてなし王子』の予告CMをテレビで見たので楽しみにしてます。と送ったら、それにもちゃんと返事が来ていた。

（これも絶対、日葵ちゃんには言えないよ。ごめんね〜〜）

ミタちゃんはちらりと日葵を見た。

日葵はまだミュージックビデオに夢中でミタちゃんの様子には気づいていない。

『ドラマもうすぐ放送ですね！　料理のシーン楽しみにしています！

特別上映会のお誘いうれしいです！　兄と五智さんを誘って行きますね！』

（よし、文面こんな感じでいっか。はい、送信）

「あれ？　どうしたのニヤニヤして。今、誰かとメールしてたよね……。あ、まさか彼氏さんとか!?」

「ち、違うよ。えっと……お兄だよ、お兄！　買い物を頼まれただけ」

「なんだ、お兄さんか。つまんないの〜〜。それじゃ、どっかカフェ入ろうか。そうだ、稲葉くんの写真集ゲットしたから、一緒に見よう」

「あ、うん。そだね〜〜」

カフェに向かうふたりの後ろには『イノセント★スマイル』のタイトル通り、キラキラした笑顔の翔の歌声が流れていた。

■あとがきで〝見ちゃった〟？

ミタちゃん「♪ハハハハッ、白菜ぃ〜。ピピピピッ、ピーマン。ブブブブッ、ブロッコリー。べべべべッ、米ナスぅ。ホホホホッ、ほうれん草♪　みなさん、こんにちは！　お掃除大好きミタちゃんです。お野菜の歌『は行』の巻は覚えたかな？　あ、ここだけの話、『あゆあゆ』こと作家の藤咲あゆなはピーマンが大好きで、中華料理店へ行くと、ピーマン食べたさに青椒肉絲を頼むらしいよ」

美根子「小夏！　それは我が社のトップシークレット……じゃなかったわ。すごくどうでもいい情報ね」

春彦「僕はピーマンより肉多めがいい。今日の夕飯は肉多めの青椒肉絲にしてよ」

ミタちゃん「……お兄、作るのあたしなんだけど。簡単に言わないでよ」

春彦「え？　簡単に作れるんじゃないの？　ピーマン、たけのこ、豚肉を細く切って炒めてレトルトの専用ソースをかければ出来上がり♪　だろ？」

ミタちゃん「そんなわけないでしょ！　下ごしらえとかいろいろあるんだから！　たけのこはあく抜きして……」

美根子（しーん……。細かいことをいろいろ並べ立てるが誰も聞いていない）

五智奏「あ、そうだ。この前、あゆあゆが担当のIさんと打ち合わせしたとき、洋食屋さんでデザートにブロッコリーのアイスが出たんですって。ブロッコリー独特の匂いも抑えめなさわやかな味で、つぶつぶの食感がおもしろかったって」

「（突然現れて）なんだって！　ブロッコリーのアイスなんかあるんだ!?　うわあ、食べてみたい！　アイスだけに愛する人と食べたいな、なあんて！」

春彦「アイスだけに愛する人……あははははっ！」

（春彦にだけウケて、美根子とミタちゃんは苦笑い）

美根子「五智くん、最近、ダジャレの腕、落ちてきたんじゃないの？」

五智奏「……うっ！」

ミタちゃん「わわ、叔母……じゃなかった、社長！　それは言っちゃいけないヤツでは？」

五智奏「（うう）なにを言われようが、ぼくはアイスを愛するだけさ……じゃあね」

ミタちゃん「五智さん、最後までしょーもないダジャレ王だったなあ。あ、みんなもおもしろいダジャレを思いついたら、ジュニア文庫の編集部に送ってね！」

Shogakukan Junior Bunko 

★小学館ジュニア文庫★

家事代行サービス事件簿

ミタちゃんが見ちゃった!? ごちそうレシピで名推理!!

2025年 3 月26日　初版第 1 刷発行

著者／藤咲あゆなwithハニーカンパニー
イラスト／中嶋ゆか

「ごちそう弁当で見ちゃった!?」原案・執筆：藤咲あゆな
「人形の家」原案：天埜アリサ、執筆：伊東どらくま、執筆協力：天埜アリサ
「アイドルの寮で見ちゃった!?」原案・執筆：赤羽ミオ、執筆協力：藤咲あゆな

発行人／畑中雅美
編集人／杉浦宏依
編集／今村愛子

発行所／株式会社　小学館
〒101-8001　東京都千代田区一ツ橋２－３－１
電話／編集　03-3230-5105
販売　03-5281-3555

印刷・製本／中央精版印刷株式会社

デザイン／足立恵里香

Printed in Japan　ISBN 978-4-09-231505-1